मौलिक
कानूनी जानकारी

ਕਲੀਆਂ

ਸਿਕਵਾਹ ਸਿਹੁਾਕ

मौलिक

कानूनी जानकारी

अपने कानूनी अधिकारों और उत्तरदायित्वों
के बारे में जानें

जशनदीप तरीका (एडवोकेट)

Sarvatra
An imprint of Manjul Publishing House

Sarvatra
An imprint of Manjul Publishing House

◆ द्वितीय तल, उषा प्रीत कॉम्प्लेक्स,
42 मालवीय नगर, भोपाल-462 003
◆ सी-16, सेक्टर 3, नोएडा, उत्तर प्रदेश, 201301
वेबसाइट : www.manjulindia.com

यह संस्करण 2023 में पहली बार प्रकाशित

मौलिक कानूनी जानकारी

ISBN 978-93-5543-312-1

जशनदीप तरीका इस पुस्तक के
लेखक होने की नैतिक ज़िम्मेदारी वहन करते हैं

मुद्रण व जिल्दसाज़ी : रेप्रो इंडिया लिमिटेड

हालांकि लेखक और प्रकाशक की जानकारी के अनुसार पुस्तक में दिए गए तथ्य यथासंभव सही हैं, लेखक और प्रकाशक इस संबंध में किसी भी व्यक्ति के नुकसान, क्षति, त्रुटियों, चूक की जिम्मेदारी वहन नहीं करते। पुस्तक में दी गई सामग्री लेखक की अपनी अभिव्यक्ति और राय है। यह जरूरी नहीं कि प्रकाशक भी इससे सहमत हो।

समर्पण

यह पुस्तक मैं
अपनी दादी माँ श्रीमती धर्मो बाई जी,
पिता श्री खरैत लाल तरीका एवं
माता श्रीमती बिमला रानी
को
समर्पित करता हूँ।

"संविधान केवल वकीलों का दस्तावेज नहीं है
बल्कि यह जीवन का एक माध्यम है।"

—डॉ. भीमराव अम्बेडकर

अनुक्रम

आपराधिक कानून से सम्बन्धित विषय

दीवानी कानून से सम्बन्धित विषय

दो शब्द

मेरा इस पुस्तक को लिखने का ध्येय एक आम व्यक्ति को सरल भाषा में तथा उदाहरणों के माध्यम से कानून की जानकारी देना है। यह पुस्तक किसी और पुस्तक का अनुवाद नहीं है। मेरे द्वारा लिखी यह पुस्तक पंजाबी भाषा में भी उपलब्ध है।

—एडवोकेट जशनदीप तरीका

विशेष आभार

मैं श्रीमती ऋतु धवन, इंस्पैक्टर अमनदीप तरीका, एडवोकेट रश्मीत सिंह, जगदीश कुमार, शिवम बाघला और राजन कुमार को बहुत धन्यवाद देता हूँ जिन्होंने इस पुस्तक को संपूर्ण करने में मेरी सहायता की।

आपराधिक कानून से सम्बन्धित विषय

(TOPICS RELATED TO CRIMINAL LAW)

अध्याय – 1

'प्रथम सूचना रिपोर्ट' क्या होती है?

दैनिक जीवन में 'पर्चा' शब्द हमें सुनने को मिलता है परंतु यह पर्चा है क्या? आओ आज हम इस बारे में बात करते हैं। वास्तव में कानून में पर्चा शब्द है ही नहीं। कानून में शब्द है 'प्रथम सूचना रिपोर्ट' (First Information Report / F.I.R.) जिस का संदर्भ हमें दण्ड प्रिक्रिया संहिता, 1973 (Criminal Procedure Code, 1973) में मिलता है परन्तु इस में भी

F.I.R. को परिभाषित नहीं किया गया। प्रथम सूचना रिपोर्ट को माननीय सर्वोच्च न्यायालय (SUPREME COURT) ने ***टी. टी एंटनी बनाम केरल राज (2001 SC) (T.T.ANTONY V. STATE OF KERALA)*** वाद/मुकदमे में परिभाषित किया। जिस के अनुसार यह एक बहुत महत्त्वपूर्ण दस्तावेज होता है जो कि संज्ञेय अपराध (COGNIZABLE OFFENCE) की सब से पहली रिपोर्ट होती है जिसे थाना प्रभारी (OFFICER INCHARGE OF POLICE STATION) या उसके निर्देश पर अधीनस्थ पुलिस अधिकारी द्वारा लिखा जाता है। संज्ञेय अपराध वे अपराध होते हैं जिसमें गिरफ़्तारी और अन्वेषण (INVESTIGATION) के लिए किसी वॉरंट की ज़रूरत नहीं होती। F.I.R. का मुख्य उद्देश्य अपराध विधि (CRIMINAL LAW) को प्रिक्रिया में लाना है अर्थात् F.I.R. वह पहली सीढ़ी है जिस से एक अभियुक्त को उसके द्वारा किए अपराध का दण्ड दिलाने के लिए कार्यवाही आरम्भ की जाती है।

अब प्रश्न यह उठता है कि F.I.R. कौन, कैसे और किन परिस्थितियों में दर्ज करवा सकता है। इस बारे में जानकारी दण्ड प्रिक्रिया संहिता, 1973 (CRIMINAL PROCEDURE CODE, 1973) के अध्याय 12 (धारा 154 से धारा 176) में दी गई है।

F.I.R. कोई भी व्यक्ति दर्ज करवा सकता है, यह आवश्यक नहीं कि सूचना देने वाला व्यक्ति (सूचक/INFORMANT) पीड़ित ही हो। ऐसा इस लिए है क्योंकि जब एक घोर अपराध होता है तो वह केवल पीड़ित के साथ किया गया अपराध नहीं बल्कि वह समाज के विरुद्ध किया गया अपराध माना जाता है। घोर अपराध घटित होने से समस्त समाज में डर का माहौल पैदा हो जाता है जिस के कारण समाज चाहता है कि अपराध करने वाले व्यक्ति को शीघ्र अति शीघ्र गिरफ़्तार किया जाए और उसको उसके किए का दण्ड दिलाया जाए। जब एक अपराधी को उस के द्वारा किए अपराध का दण्ड मिलता है तो लोगों का प्रशासन एवं न्यायतंत्र पर भरोसा बढ़ता है और उन्हें विश्वास होता है कि वे सुरक्षित हैं।

धारा 154 (1) के अनुसार जब एक व्यक्ति संज्ञेय अपराध (Cognizable Offence) की सूचना थाना प्रभारी को देगा तो थाना प्रभारी या उसके अधीनस्थ पुलिस अधिकारी द्वारा उस सूचना को लिखित रूप में लाया जाएगा। लिखित में लाई गई सूचना को सूचक को पढ़ कर सुनाया जाएगा और उस पर सूचक के हस्ताक्षर लिए जाएँगे। उस के बाद पुलिस अधिकारी उस F.I.R. का सार रोजनामचे (Daily Diary Report/D.D.R.) में प्रविष्ट करेगा और F.I.R. की प्रतिलिपि (COPY) सूचक को निःशुल्क देगा। D.D.R. वह डायरी होती है जिस में थाने के प्रतिदिन के कार्य के बारे में सब कुछ लिखा जाता है।

समान्यतः सूचक स्वयं पुलिस स्टेशन जाकर F.I.R. दर्ज करवाएगा परन्तु कुछ परिस्थितियो में जैसे कि बलात्कार वादों में या जहाँ पीड़ित व्यक्ति शारीरिक या मानसिक रूप से अपंग है तो पुलिस अधिकारी उस स्थान पर जाकर (जहाँ पर पीड़ित रहता/रहती है) F.I.R. लेखबद्ध कर सकता है। दण्ड प्रिक्रिया संहिता, 1973 (CRIMINAL PROCEDURE CODE, 1973) की धारा 154 (3) अनुसार अगर पुलिस अधिकारी सूचक को F.I.R. दर्ज करने से इन्कार कर देता है तो वह व्यक्ति अपनी सूचना का सार खुद लिख कर पुलिस कप्तान (S.P) को ड़ाक द्वारा भेज सकता है। अगर कप्तान को सूचना पढ़ने पर ऐसा लगता है कि यह सूचना संज्ञेय अपराध (Cognizable Offence) के सम्बन्ध में है तो वह स्वयं या अपने अधीनस्थ किसी पुलिस अधिकारी को अन्वेषण (INVESTIGATION) करने के लिए कह सकता है। इस अन्वेषण करने वाले अधिकारी के पास वे सभी शक्तियाँ (Powers) होंगी जो कि एक थाना प्रभारी (Officer Incharge Of Police Station) के पास उस अपराध की अन्वेषण करने समय होती हैं।

परन्तु यदि पुलिस कप्तान (S.P) भी F.I.R. दर्ज करने से इन्कार कर दे तो सूचक दण्ड प्रिक्रिया संहिता, 1973 (CRIMINAL PROCEDURE CODE, 1973) की धारा 156 (3) अधीन न्यायिक मजिस्ट्रेट (इस को

आगे 'न्यायालय' शब्द से संबोधित किया गया है) को आवेदन पत्र दे सकता है और अगर न्यायालय को लगता है कि कोई संज्ञेय अपराध (Cognizable Offence) हुआ है तो वह पुलिस को F.I.R. दर्ज करके अन्वेषण करने का आदेश दे सकता है। इस के अतिरिक्त सूचक F.I.R. दर्ज न करवा कर न्यायालय के पास सीधा धारा 200 अधीन शिकायत (COMPLAINT MADE TO MAGISTRATE) दर्ज करवा कर कार्यवाही करवा सकता है।

2013 से पहले बहुत मुकदमों में पुलिस द्वारा F.I.R. दर्ज करने से इन्कार कर दिया जाता था जिस कारण सूचक परेशान होता था और यदि वह सीधा न्यायालय के पास जाता था तो इस से न्यायालयों का समय बर्बाद होता था क्योंकि जो काम पुलिस का था वह काम अब न्यायालयों को करना पड़ रहा था। यह सब ध्यान में रखते हुए ***ललिता कुमारी बनाम स्टेट ऑफ यू.पी. (2013) (LALITA KUMARI V. STATE OF U.P)*** वाद में माननीय सर्वोच्च न्यायालय के पाँच न्यायाधीशों वाले बैंच ने कहा कि यदि सूचना को देखने से ही पता लगता है कि कोई संज्ञेय अपराध (Cognizable Offence) हुआ है तो पुलिस अधिकारी F.I.R. दर्ज करने से इन्कार नहीं कर सकता और हर स्थिति में F.I.R. दर्ज करेगा। यहाँ तक कि चाहे वह अपराध उस के क्षेत्र में न भी हुआ हो, उस स्थिति में भी वह F.I.R. दर्ज करेगा और उसको ***ज़ीरो F.I.R. (Zero F.I.R.)*** का नाम देगा। अगर पुलिस अधिकारी को लगता है कि अपराध वाले स्थान (घटनास्थल) पर कुछ प्रमाण या गवाह/साक्षी मिल सकते हैं तो वह तुरन्त वहाँ जाएगा और प्रमाण और गवाहों के बयान इकट्ठे करेगा। उस के बाद वह ***Zero F.I.R.*** का सारा रिकॉर्ड उस थाने में भेज देगा जिस के क्षेत्र में वह अपराध हुआ है। आगे की समस्त कार्यवाही उस पुलिस स्टेशन का थाना प्रभारी करेगा।

जब एक अपराध के संदर्भ में अलग-अलग थानों में एक अभियुक्त के विरुद्ध कई F.I.Rs. दर्ज हो जाती हैं तो इस को बहुखंडीय F.I.R.

(Multiple F.I.R.) का नाम दिया जाता है। ऐसी स्थिति में दोषी धारा 482 अधीन माननीय उच्च न्यायालय (High Court) में आवेदन पत्र दे सकता है और बाकी की F.I.Rs. को रद्द करवा सकता है। इस के अतिरिक्त यदि एक व्यक्ति के विरुद्ध झूठी F.I.R. दर्ज हो जाती है तो वह व्यक्ति धारा 482 अधीन सीधा उच्च न्यायालय (HIGH COURT) जा सकता है। अगर उच्च न्यायालय में वह साबित करने में सफल हो जाता है कि उस के विरुद्ध की गई F.I.R. झूठी है तो उच्च न्यायालय उस F.I.R. को रद्द कर देगी।

संज्ञेय अपराध (Cognizable Offence) की सूचना प्राप्त होने पर यदि पुलिस अधिकारी को लगता है कि यह अपराध हुआ है तो वह तुरन्त इस की सूचना दण्ड प्रिक्रिया संहिता, 1973 (CRIMINAL PROCEDURE CODE, 1973) की धारा 157 अधीन न्यायिक मजिस्ट्रेट (JUDICIAL MAGISTRATE) को भेजेगा और स्वंय घटना स्थल पर जा कर अन्वेषण करेगा और यदि अनिवार्य होगा तो अभियुत्त (ACCUSED) को गिरफ़्तार भी करेगा। पुलिस अधिकारी मजिस्ट्रेट को सूचना इस लिए भेजता है ताकि वह निगरानी रख सके कि अन्वेषण सही ढ़ंग से हो रही है या नहीं। यदि पुलिस अधिकारी उस रिपोर्ट (जो धारा 157 अधीन मजिस्ट्रेट को भेजी गयी है) में यह लिख कर भेज देता है कि वह इस मुकदमे में अन्वेषण नहीं करने जा रहा, लेकिन अगर मजिस्ट्रेट को लगता है कि इस मुकदमे में अन्वेषण होनी चाहिए तो वह धारा 159 के अधीन पुलिस अधिकारी को अन्वेषण करने के लिए कह सकता है या फिर रिपोर्ट को एक सूचना (Information) मान कर उस पर संज्ञान (Cognizance) ले सकता है और यथायोग्य कार्यवाही कर सकता है।

अब ध्यान देने योग्य बात यह है कि जब कोई व्यक्ति असंज्ञेय अपराध (NON COGNIZABLE OFFENCE) की सूचना उस पुलिस अधिकारी को देता है जिस के क्षेत्र में वह अपराध हुआ हो तो पुलिस अधिकारी उस सूचना पर F.I.R. दर्ज करने के स्थान पर उसे रोजनामचे

(DAILY DIARY REPORT / D.D.R.) में लिखेगा और सूचक को उस क्षेत्र के मजिस्ट्रेट के पास भेज देगा। **उदाहरण** - एक स्त्री भारतीय दण्ड संहिता, 1860 (INDIAN PENAL CODE, 1860) की धारा 494 अधीन कार्यवाही करवाना चाहती है जो कि एक असंज्ञेय अपराध (Non Cognizable Offence) है। जब एक स्त्री या पुरुष विवाहित हो और पहले विवाह के दौरान वह दूसरा विवाह करवा ले, भारतीय दण्ड संहिता की धारा 494 उससे सम्बन्धित है। इस में पुलिस अधिकारी F.I.R. दर्ज न करके उस द्वारा दी गई सूचना को रोजनामचे मे लिखेगा और उस स्त्री को मजिस्ट्रेट के पास शिकायत (COMPLAINT) दर्ज करवाने के लिए भेज देगा। उस शिकायत पर मजिस्ट्रेट द्वारा आगे की कार्यवाही की जाएगी।

असंज्ञेय अपराध या असंज्ञेय मामले से अभिप्रेत है जिसमें पुलिस अधिकारी को वॉरंट के बिना व्यक्ति को गिरफ़्तार करने का प्राधिकार नहीं होता है अर्थात् ऐसे मामलों में पुलिस बिना वॉरंट किसी को गिरफ़्तार नहीं कर सकती। दण्ड प्रिक्रिया संहिता, 1973 (CRIMINAL PROCEDURE CODE, 1973) की धारा 155 (2) अनुसार इन मुकदमों में पुलिस अधिकारी तब तक अन्वेषण (INVESTIGATION) नहीं कर सकता जब तक उस को इस सम्बन्धी मजिस्ट्रेट से आदेश नहीं मिल जाता। धारा 155 (3) अनुसार यदि इन मुकदमों में पुलिस अधिकारी को मजिस्ट्रेट अन्वेषण का आदेश दे देता है तो उस पुलिस अधिकारी के पास, बिना वॉरंट के गिरफ़्तारी को छोड़ कर, अन्वेषण सम्बन्धी वह सभी शक्तियाँ होंगी जो कि एक पुलिस अधिकारी के पास संज्ञेय अपराध (Cognizable Offence) की अन्वेषण करने समय होती हैं। कौन से अपराध संज्ञेय होंगे और कौन से असंज्ञेय, इस बारे में दण्ड प्रिक्रिया संहिता, 1973 में दी गई अनुसूची-1 प्रकाश डालती है।

इस प्रकार हमें पता चलता है कि कौन, कब और कैसे F.I.R. दर्ज करवा सकता है और F.I.R. दर्ज करने के बाद पुलिस क्या कार्यवाही करेगी।

गिरफ़्तारी क्या है?
इस को कौन,
कब और कैसे कर सकता है?

अध्याय – 2

गिरफ़्तारी क्या है? इस को कौन, कब और कैसे कर सकता है?

जब कोई व्यक्ति किसी अपराध के घटित होने की सूचना पुलिस को देता है तो पुलिस द्वारा यह सुनिश्चित करने के बाद कि वास्तविकता में उस व्यक्ति ने कोई अपराध किया है जो कि एक संज्ञेय

अपराध (COGNIZABLE OFFENCE) है तो पुलिस उस अभियुक्त (ACCUSED) को गिरफ़्तार कर सकती है। संज्ञेय अपराध वे अपराध होते हैं जिसमें पुलिस किसी व्यक्ति को बिना किसी वॉरंट के गिरफ़्तार कर सकती है। संज्ञेय अपराधों में पुलिस के पास न्यायाधीश के निर्देश के बिना अन्वेषण (INVESTIGATION) करने का भी अधिकार होता है।

'गिरफ़्तारी' शब्द का अर्थ है कानून की शक्ति से किसी व्यक्ति को उस की स्वतंत्रता से वंचित करना। परन्तु एक व्यक्ति को बिना किसी कारण के गिरफ़्तार नहीं किया जा सकता क्योंकि भारत का संविधान हर एक व्यक्ति को जीवन और व्यक्तिगत स्वतंत्रता का अधिकार प्रदान करता है। इस लिए यदि किसी व्यक्ति को बिना कारण से गिरफ़्तार करके जेल में रखा जाता है तो यह उस के मौलिक अधिकारों (FUNDAMENTAL RIGHTS) का उल्लंघन होगा। एक व्यक्ति को आपराधिक वादों (Criminal Cases) में कब और किन परिस्थितियों में कानूनी रूप से गिरफ़्तार किया जा सकता है, इस का वर्णन दण्ड प्रिक्रिया संहिता, 1973 (CRIMINAL PROCEDURE CODE, 1973) में विस्तारपूर्वक किया गया है।

दण्ड प्रिक्रिया संहिता, 1973 के अध्याय-5 और अध्याय-6 अनुसार किसी भी व्यक्ति को दो प्रकार से गिरफ़्तार किया जा सकता है -

1. न्यायाधीश (MAGISTARTE) के वॉरंट के अनुसार
2. वॉरंट के बिना

पहले हम यह देखेंगे कि किन परिस्थितियों में पुलिस बिना वॉरंट के एक व्यक्ति को गिरफ़्तार कर सकती है। अध्याय-5 की धारा-41 अनुसार 9 परिस्थितियों में पुलिस व्यक्ति को बिना वॉरंट के गिरफ़्तार कर सकती है। जो कि इस प्रकार है :

(a) यदि कोई व्यक्ति पुलिस की उपस्थिति में संज्ञेय अपराध (COGNIZABLE OFFENCE) करता है या

(b) कोई व्यक्ति जिस के विरुद्ध उचित शिकायत या विश्वसनीय सूचना मिली हो कि उस व्यक्ति ने संज्ञेय अपराध (COGNIZABLE OFFENCE) किया है जिस का दण्ड सात वर्ष तक है।

परन्तु माननीय सर्वोच्च न्यायलय ने ***अरनेश कुमार बनाम स्टेट ऑफ बिहार (2014) (ARNESH KUMAR V. STATE OF BIHAR)*** के वाद में कहा है कि सात वर्ष से कम दण्ड वाले अपराधों में किसी व्यक्ति को पुलिस तब ही गिरफ़्तार करेगी यदि पुलिस को लगता है कि वह व्यक्ति भागने की कोशिश कर सकता है और तत्पश्चात् न्यायालय के सामने पेश नहीं होगा या उस व्यक्ति की अन्वेषण (INVESTIGATION) के लिए गिरफ़्तारी आवश्यक है आदि। इन परिस्थितियों में पुलिस व्यक्ति की गिरफ़्तारी के उन कारणों को लिखेगी जिस वजह से उन्हें लगता है कि गिरफ़्तारी आवश्यक है। अगर ऐसा कोई कारण विद्यमान नहीं है तो पुलिस अधिकारी उस को गिरफ़्तार न करके धारा 41-ए का नोटिस/सूचना देगा और उस अभियुक्त को पुलिस स्टेशन या किसी और स्थान (जो नोटिस में लिखा गया है) पर आने के लिए कह सकता है।

(ba) यदि किसी व्यक्ति के विरुद्ध यह विश्वसनीय सूचना मिले कि उस व्यक्ति ने ऐसा संज्ञेय अपराध (COGNIZABLE OFFENCE) किया है जिस का दण्ड 7 वर्ष से अधिक है या मृत्यु है।

(c) वह व्यक्ति जिस को इस दण्ड प्रिक्रिया संहिता, 1973 अधीन या राज्य सरकार के आदेश द्वारा अपराधी घोषित किया जा चुका हो;

(d) वह व्यक्ति जिस के पास से कोई ऐसी वस्तु प्राप्त हो जिस का चुराई हुई सम्पत्ति होने का उचित रूप से संदेह किया जा सकता हो या कोई ऐसी वस्तु जो कि कोई अपराध करके प्राप्त की हुई लगे।

(e) जो पुलिस अधिकारी को उस समय बाधा पहुँचाता है जब वह अपना कर्त्तव्य कर रहा है या कोई व्यक्ति पुलिस की विधिपूर्ण अभिरक्षा (LAWFUL CUSTODY) में से भाग गया हो या फिर भागने का प्रयत्न कर रहा हो।

(f) वह व्यक्ति जिस बारे में यह उचित संदेह हो कि वह केंद्र (UNION) के किसी सशस्त्र बल (ARMED FORCES) से अभित्याजक (DESERTER) है।

(g) कोई व्यक्ति जो कि अब भारत में है, जिस के द्वारा भारत से बाहर कोई कार्य किया गया है या कार्य करने का उचित संदेह है, यदि वह वही कार्य यहाँ भारत में करता तो वह अपराध के रूप में दण्डनीय होता और जिसके लिए प्रत्यपर्ण सम्बन्धी किसी विधि (LAW RELATING TO EXTRADITION) के अधीन या अन्यथा भारत में अभिरक्षा (CUSTODY) में रखने का प्रावधान है, को बिना वॉरंट के गिरफ़्तार किया जा सकता है।

(h) दण्ड प्रिक्रिया संहिता, 1973 की धारा 356(5) के अनुसार राज्य सरकार, छोड़े गए सिद्धदोषों के निवास स्थान या निवास-स्थान की तब्दीली या वहाँ से उनकी अनुपस्थिति की सूचना से सम्बन्धित धारा 356 की उपधाराओं (Subsections) को क्रियान्वित करने के लिए नियम बना सकती है। जब सिद्ध दोश (जिस का दोष सिद्ध हो चुका हो) व्यक्ति को छोड़ दिया गया हो परंतु वह धारा 356 की उपधारा (5) के अधीन बनाए गए किसी नियम का उल्लंघन कर देता है तो उसको बिना किसी वॉरंट के गिरफ़्तार किया जा सकता है;

(i) यदि एक पुलिस अधिकारी द्वारा अन्य पुलिस अधिकारी को किसी व्यक्ति को अपराध या किसी और कारण से गिरफ़्तार करने के लिए निवेदन किया गया हो जिस को वह (जिस पुलिस अधिकारी ने निवेदन किया है) उस अपराध या कारण के

लिए खुद कानूनी रूप से बिना किसी वॉरंट के गिरफ़्तार कर सकता है।

उपर्युक्त परिस्थितियों के अतिरिक्त दण्ड प्रिक्रिया संहिता, 1973 की धारा 151 अनुसार यदि पुलिस अधिकारी को किसी व्यक्ति द्वारा संज्ञेय अपराध को करने की परिकल्पना के बारे में पता चलता है और उसे (पुलिस अधिकारी को) लगता है कि यदि उस व्यक्ति को गिरफ़्तार न किया गया तो अपराध घटित होने से रोका नहीं जा सकता, तो इस स्थिति में पुलिस अधिकारी उस व्यक्ति को बिना वॉरंट के गिरफ़्तार कर सकता है।

संज्ञेय अपराधों के विपरीत असंज्ञेय अपराधों (NON COGNIZABLE OFFENCE) में पुलिस अधिकारी के पास वॉरंट के बिना व्यक्ति को गिरफ़्तार करने का प्राधिकार नहीं होता परन्तु धारा 42 में कुछ परिस्थितियाँ ऐसी दी गई हैं जिन में असंज्ञेय अपराधों में भी पुलिस बिना वॉरंट के अभियुक्त को गिरफ़्तार कर सकती है। धारा 42 अनुसार यदि व्यक्ति ने असंज्ञेय अपराध किया है और पुलिस अधिकारी के पूछने पर वह अपना नाम और पता बताने से इन्कार करता है तो पुलिस अधिकारी उसको वॉरंट के बिना गिरफ़्तार कर सकता है। यदि वह व्यक्ति अपनी गिरफ़्तारी के 24 घण्टों के भीतर अपना नाम और पता बता देता है तो पुलिस अधिकारी उसको छोड़ देगा अन्यथा उसको मजिस्ट्रेट के समक्ष पेश करेगा।

किसी भी अभियुक्त को निम्नलिखित उद्देश्यों (PURPOSES) के कारण गिरफ़्तार किया जाता है :

(1) अभियुक्त अन्वेषण (Investigation) के दौरान गवाहों को धमकाने या साक्ष्य (Evidence) को मिटाने का प्रयत्न न करे।
(2) अभियुक्त के सही नाम और पते के बारे में जाना जा सके।
(3) अभियुक्त की उपस्थिति (Presence) को मुकदमे के दौरान न्यायालय में सुनिश्चित किया जा सके। आदि

अब प्रश्न यह उठता है कि केवल एक पुलिस अधिकारी ही अभियुक्त को गिरफ़्तार कर सकता है या इस के अतिरिक्त कोई और व्यक्ति भी कर सकता है। इस का उत्तर हमें धारा 43 और 44 से मिलता है। धारा 43 अनुसार कोई भी आम व्यक्ति (PRIVATE PERSON) जिस की उपस्थिति में दोषी द्वारा अज़मानतीय (NON BAILABLE OFFENCE) एवं संज्ञेय अपराध (COGNIZABLE OFFENCE) किया गया है या फिर कोई उद्घोषित अपराधी (PROCLAIMED OFFENDER) है तो उस को पकड़ कर पुलिस के हवाले कर देगा। कौन-कौन से अपराध अज़मानतीय एवं संज्ञेय अपराध होंगे वह दण्ड प्रिक्रिया संहिता, 1973 की अनुसूची-1 में बताया गया है। **उदाहरण :** 'A' ने 'B' (आम व्यक्ति) की उपस्थिति में 'C' की हत्या कर दी। अनुसूची-1 अनुसार हत्या एक अज़मानतीय एवं संज्ञेय अपराध है। इस लिए धारा 43 अनुसार 'B' उस व्यक्ति 'A' को पकड़ कर पुलिस को सौंप देगा।

एक पुलिस अधिकारी और आम व्यक्ति के अतिरिक्त एक मजिस्ट्रेट भी अभियुक्त को गिरफ़्तार कर सकता है। धारा 44 अनुसार यदि कार्यपालक मजिस्ट्रेट (EXECUTIVE MAGISTRATE) या न्यायिक मजिस्ट्रेट (JUDICIAL MAGISTRATE) की उपस्थिति में उसकी स्थानीय अधिकारिता (LOCAL JURISDICTION) में कोई व्यक्ति अपराध करता है तो वह कार्यपालक या न्यायिक मजिस्ट्रेट स्वंय उस अभियुक्त को गिरफ़्तार कर सकता है या फिर किसी अन्य व्यक्ति को उस अभियुक्त को गिरफ़्तार करने का आदेश दे सकता है।

इसके अलावा कार्यपालक या न्यायिक मजिस्ट्रेट किसी भी समय अपनी स्थानीय अधिकारिता के भीतर किसी ऐसे व्यक्ति को गिरफ़्तार कर सकता है या अपनी उपस्थिति में उस व्यक्ति की गिरफ़्तारी का निर्देश दे सकता है जिसकी गिरफ़्तारी के लिए वह उस समय और उन परिस्थितियों में वॉरंट जारी करने के लिए सक्षम है।

अब प्रश्न यह उठता है कि किसी व्यक्ति को आपराधिक वादों (Criminal Cases) में गिरफ़्तार करने की कोई प्रिक्रिया कानून में दी गई है या नहीं? दण्ड प्रिक्रिया संहिता, 1973 की धारा 46 से हमें पता चलता है कि गिरफ़्तारी कैसे की जा सकती है। इस के अनुसार गिरफ़्तार करने वाला पुलिस अधिकारी या अन्य व्यक्ति, जो गिरफ़्तारी कर रहा है, अभियुक्त के शरीर को वस्तुतः छुएगा या परिरुद्ध (Confine) करेगा जब तक अभियुक्त अपने वचन या कर्म (Act) द्वारा खुद को अभिरक्षा (Custody) में समर्पित न कर दे। परन्तु यदि अभियुक्त गिरफ़्तार किए जाने के प्रयास का प्रतिरोध (Resist) करता है तो पुलिस अधिकारी उस को गिरफ़्तार करने के लिए आवश्यक सब साधनों को प्रयोग कर सकता है परन्तु यहाँ पर ध्यान देने योग्य बात यह है कि महिला अभियुक्त को गिरफ़्तार करने के लिए एक महिला पुलिस अधिकारी जाएगी। धारा 46-(4) अनुसार किसी असामान्य परिस्थितियों के अतिरिक्त एक महिला को सूर्यास्त के बाद (AFTER SUNSET) और सूर्योदय से पूर्व (BEFORE SUNRISE) गिरफ़्तार नहीं किया जा सकता। यदि इस समय में गिरफ़्तारी करने की आवश्यकता पड़ भी जाती है तो महिला पुलिस अधिकारी उस क्षेत्र के मजिस्ट्रेट (यहाँ अपराध हुआ है या फिर यहाँ से महिला अभियुक्त को गिरफ़्तार करना है) से लिखित पूर्वानुमति लेगी और फिर अभियुक्त महिला को गिरफ़्तार करेगी।

अभियुक्त को बिना वॉरंट के गिरफ़्तार करने के लिए पुलिस अधिकारी पूरे भारत में उस का पीछा कर सकता है। धारा 49 अनुसार गिरफ़्तार किए गए व्यक्ति के ऊपर उतने ही अवरोध (Restraints) लगाए जा सकते हैं जिस से यह सुनिश्चित किया जा सके कि वह अभिरक्षा (Custody) से भाग नहीं सकेगा परन्तु उस पर अनावश्यक अवरोध नहीं लगाए जा सकते।

उपर्युक्त हम ने देखा कि कौन सी परिस्थितियों में पुलिस अधिकारी, मजिस्ट्रेट या कोई साधारण/आम व्यक्ति अभियुक्त को बिना वॉरंट के

गिरफ़्तार कर सकता है। ऊपर दी गई परिस्थितियों के अतिरिक्त अगर किसी अन्य परिस्थिति में पुलिस अधिकारी या अन्य व्यक्ति ने किसी को गिरफ़्तार करना है तो उस को पहले न्यायालय से उस व्यक्ति के विरुद्ध वॉरंट लेना होगा।

दण्ड प्रिक्रिया संहिता, 1973 (CRIMINAL PROCEDURE CODE, 1973) के अध्याय-6 के भाग दूसरे (धारा-70 से 81) में यह बताया गया है कि वॉरंट किस के द्वारा और किसे जारी/निदिष्ट किया जा सकता है। धारा 70 अनुसार वॉरंट न्यायालय द्वारा जारी किया जा सकता है जो कि लिखित रूप में होगा, जिस के ऊपर न्यायालय के पीठासीन अधिकारी (PRESIDING OFFICER OF COURT i.e. JUDGE) के हस्ताक्षर होंगे और न्यायालय की मुद्रा (Stamp) लगी होगी। यह वॉरंट उतने समय तक प्रवर्तन (REMAIN IN FORCE) में रहेंगे जब तक इन को निष्पादित (EXECUTE) नहीं कर दिया जाता या फिर उस न्यायालय द्वारा (जिस ने वॉरंट जारी किए हैं) रद्द नहीं किया जाता।

वॉरंट दो प्रकार के होते हैं :

1. ज़मानतीय वॉरंट (Bailable Warrant)
2. गैर-ज़मानतीय वॉरंट (Non Bailable Warrant)

ज़मानतीय वॉरंट वह होते हैं जिन्हें जारी करते समय न्यायालय वॉरंट में यह लिख दे कि यदि अभियुक्त बंधपत्र (Bail Bond) निष्पादित कर देता है तो उसे ज़मानत पर छोड़ दिया जाए। इस के विपरीत यदि वॉरंट में बंधपत्र निष्पादित करवाने के बारे में कुछ न लिख कर हर परिस्थिति में व्यक्ति को गिरफ़्तार करने के लिए कहा गया हो तो उसे गैर-ज़मानतीय वॉरंट कहा जाता है।

न्यायालय इन वॉरंट का निष्पादन सामान्यतः पुलिस द्वारा करवाता है परन्तु यदि इन वॉरंटों का निष्पादन शीघ्र चाहिए तो उन परिस्थितियों में

न्यायालय एक आम व्यक्ति द्वारा भी इन्हें निष्पादित करवा सकती है। जब भी कोई पुलिस अधिकारी या साधारण व्यक्ति निष्पादन के लिए जाएगा तो वह गिरफ़्तार किए जाने वाले व्यक्ति को पहले वॉरंट में जो लिखा है उसका सार बताएगा और यदि वह व्यक्ति (जिस को गिरफ़्तार करना है) चाहे तो वॉरंट देख भी सकता है। एक न्यायालय द्वारा जारी किया गया वॉरंट भारत के किसी भी क्षेत्र में निष्पादित करवाया जा सकता है।

इस प्रकार हमें यह ज्ञान होता है कि किन परिस्थितियों में एक अभियुक्त को वॉरंट या बिना वॉरंट के किस द्वारा गिरफ़्तार किया जा सकता है। गिरफ़्तार करने के बाद पुलिस अधिकारी क्या कार्यवाही करेगा और एक गिरफ़्तार किए अभियुक्त के पास क्या-क्या अधिकार होंगे इस बारे में हम अगले अध्याय में बात करेंगे।

गिरफ़्तारी के बाद की प्रक्रिया और अभियुक्त के अधिकार

अध्याय – 3

गिरफ़्तारी के बाद की प्रक्रिया और अभियुक्त के अधिकार

जब एक पुलिस अधिकारी किसी व्यक्ति को गिरफ़्तार करने जाता है तो दण्ड प्रिक्रिया संहिता, 1973 (CRIMINAL PROCEDURE CODE, 1973) की धारा 41-B अनुसार वह गिरफ़्तारी के समय अपने

नाम की सही प्रकट और स्पष्ट पहचान धारण करेगा जिससे उसको देखने से ही पता चल जाए कि वह एक पुलिस अधिकारी है। परन्तु कई घोर अपराधों में जहाँ अभियुक्त के भागने का डर हो, उन परिस्थितियों में पुलिस अधिकारी साधारण वस्त्रों में भी जाकर अभियुक्त को गिरफ़्तार कर सकता है। अभियुक्त को गिरफ़्तार करने के बाद पुलिस अधिकारी एक ज्ञापन (ARREST MEMO) तैयार करेगा जिस पर कम से कम एक गवाह/शाक्षी के (जिस की उपस्थिति में अभियुक्त को गिरफ़्तार किया गया है) और अभियुक्त के हस्ताक्षर लिए जाएँगे। यदि वह गवाह अभियुक्त के परिवार का सदस्य नहीं है तो पुलिस अधिकारी अभियुक्त को बताएगा कि उस के पास एक रिश्तेदार या मित्र या परिवार के किसी सदस्य को अपनी गिरफ़्तारी की सूचना देने का अधिकार है।

धारा 50 अनुसार अभियुक्त को बिना वॉरंट के गिरफ़्तार करते समय पुलिस अधिकारी उसे बताएगा कि उस को किस अपराध और किन कारणों से गिरफ़्तार किया जा रहा है। अभियुक्त को यह अधिकार केवल दण्ड प्रिक्रिया संहिता, 1973 (CRIMINAL PROCEDURE CODE, 1973) की धारा 50 के अन्तगर्त ही नहीं मिलता बल्कि भारतीय संविधान का अनुच्छेद 22 (1) [Article 22 (1)] भी अभियुक्त के इस अधिकार को सुनिश्चित करता है। गिरफ़्तार करने के बाद पुलिस अधिकारी अभियुक्त को पुलिस स्टेशन लेकर आएगा और रोजनामचे (DAILY DAIRY REPORT) में इस बारे में लिखेगा। यदि पुलिस अधिकारी को लगता है कि अभियुक्त की चिकित्सक जाँच (MEDICAL EXAMINATION) की आवश्यकता है और जाँच करवाने से कुछ ऐसे साक्ष्य (EVIDENCE) मिल सकते हैं कि जिस से अभियुक्त का अपराध न्यायालय में सिद्ध करने में आसानी होगी तो वह धारा 53 अनुसार अभियुक्त को चिकित्सक जाँच के लिए लेकर जा सकता है। **उदाहरण :** यदि एक व्यक्ति को बलात्कार के अपराध में गिरफ़्तार किया गया है तो पुलिस अधिकारी उस को चिकित्सक जाँच के लिए लेकर जाएगा क्योंकि उस समय अपराधी के वस्त्रों से

शुक्राणु, नाखूनों में फँसी पीड़िता की चमड़ी आदि को इकट्ठा किया जा सकता है जिस से बाद में न्यायालय में उस का अपराध आसानी से सिद्ध हो सकता है परन्तु भारतीय संविधान के अनुच्छेद 20 (3) अनुसार किसी भी व्यक्ति को अपने विरुद्ध गवाही देने के लिए विवश नहीं किया जा सकता (DOCTRINE OF SELF INCRIMINATION)। अब प्रश्न यह पैदा होता है कि क्या दण्ड प्रिक्रिया संहिता, 1973 की धारा-53 संविधान के अनुच्छेद 20 (3) की अवहेलना करती है? इसका उत्तर माननीय सर्वोच्च न्यायालय ने ***स्टेट ऑफ बॉम्बे बनाम काठी कालू ओघड (STATE OF BOMBAY V. KATHI KALU OGHAD)*** वाद में दिया और स्पष्ट किया कि केवल किसी अभियुक्त को चिकित्सक जाँच करवाने के लिए विवश करने का यह अर्थ नहीं कि उसको अपने विरुद्ध गवाही देने के लिए विवश किया जा रहा है। इस लिए धारा 53 किसी भी प्रकार संविधान के अनुच्छेद 20 (3) का उल्लंघन नहीं करती। धारा 53 अधीन किसी अभियुक्त को चिकित्सक जाँच करवाने के लिए विवश करने का उद्देश्य बाकी समाज के अधिकार और अभियुक्त के व्यक्तिगत अधिकार में संतुलन (BALANCING OF INTEREST) लाना है।

दण्ड प्रिक्रिया संहिता, 1973 (CRIMINAL PROCEDURE CODE, 1973) की धारा 57 और भारतीय संविधान के अनुच्छेद 22(2) अनुसार अभियुक्त को गिरफ़्तार करने पर 24 घण्टे के अंदर निकट के न्यायिक मजिस्ट्रेट (JUDICIAL MAGISTRATE) समक्ष पेश करना आवश्यक है यदि न्यायिक मजिस्ट्रेट उपस्थित न हो तो अभियुक्त को कार्यपालक मजिस्ट्रेट (EXECUTIVE MAGISTRATE) सामने पेश करना होता है। अगर पुलिस अधिकारी अभियुक्त को पेश नहीं करता तो उस विरुद्ध कानूनी कार्यवाही हो सकती है। इन 24 घण्टों में अभियुक्त को थाने लाने और न्यायालय लेकर जाने के समय की गणना नहीं की जाती।

बिना मजिस्ट्रेट के आदेश के किसी व्यक्ति को 24 घण्टों से अधिक पुलिस अभिरक्षा (Custody) में रखना ग़ैर कानूनी माना जाता है। इस

ग़ैर कानूनी अभिरक्षा (Custody) दौरान अभियुक्त या उस का कोई साथी या रिश्तेदार भारतीय संविधान के अनुच्छेद 32 के अन्तगर्त माननीय सर्वोच्च न्यायालय (SUPREME COURT) में या अनुच्छेद 226 के अन्तगर्त माननीय उच्च न्यायालय (HIGH COURT) में बंदी प्रत्यक्षीकरण (Habeas Corpus) की रिट पटीशन (Writ Petition) दायर कर सकता है।

परन्तु यहाँ ध्यान देने वाली बात यह है कि अनुच्छेद 22 (1) और 22 (2) निम्नलिखित व्यक्तियों पर लागू नहीं होता -

1 वह हर व्यक्ति जो देश का शत्रु है। या
2. वह हर व्यक्ति जिसको निवारक निरोध का उपबंध करने वाले किसी कानून (LAW PROVIDING FOR PREVENTIVE DETENTION) के अधीन गिरफ़्तार या निरुद्ध (Detained) किया गया हो।

परन्तु किसी भी व्यक्ति को निवारक निरोध का उपबंध करने वाले किसी कानून के अधीन तीन महीने से अधिक समय के लिए सलाहकार बोर्ड (ADVISORY BOARD) की आज्ञा के बिना निरुद्ध (Detained) नहीं किया जा सकता।

जब एक अभियुक्त पुलिस अभिरक्षा (Custody) में है तो धारा 41-D और अनुच्छेद 22 (1) अनुसार उसको अपने वकील के साथ सलाह करने का पूर्ण अधिकार होगा। अपने वकील के साथ सलाह करने का अधिकार अभियुक्त के पास मजिस्ट्रेट के सामने पेश करने के पश्चात् नहीं बल्कि गिरफ़्तारी के समय से ही आ जाता है। यदि कोई अभियुक्त ग़रीब है तो यह सरकार का उत्तरदायित्व (Responsibility) होता है कि वह अपने खर्चे पर वकील उपलब्ध करवाए। यदि ऐसा नहीं किया जाता तो यह नैसर्गिक न्याय के सिद्धान्त (PRINCIPLE OF NATURAL JUSTICE) के विरुद्ध होगा।

माननीय सर्वोच्च न्यायालय द्वारा ***डी. के. बासू बनाम स्टेट ऑफ वैस्ट बंगाल (1996 SC) (D.K. BASU V. STATE OF WEST BENGAL) और जोगिन्द्र कुमार बनाम स्टेट ऑफ यू.पी.*** *(JOGINDER KUMAR V. STATE OF U.P)* वादों में अभियुक्त के अनेक अधिकारों के बारे में बताया गया जिन को समय समय पर दण्ड प्रिक्रिया संहिता, 1973 *(CRIMINAL PROCEDURE CODE, 1973)* में संशोधन करके इस में शामिल कर लिया गया है। जिन के बारे में बात हम ऊपर कर चुके हैं।

यदि उपर्युक्त ढंग से किसी व्यक्ति को गिरफ़्तार नहीं किया जाता तो उसको अवैध (ILLEGAL) गिरफ़्तारी माना जाएगा और गिरफ़्तार करने वाले व्यक्ति विरुद्ध भारतीय दण्ड संहिता, 1860 (INDIAN PENAL CODE, 1860) के अन्तगर्त कार्यवाही की जाएगी।

इस प्रकार पिछले और इस अध्याय द्वारा हमें जानकारी मिलती है कि एक अभियुक्त को कौन और किन परिस्थितियों में वॉरंट अनुसार और वॉरंट के बिना गिरफ़्तार कर सकता है। इस के अतिरिक्त हमें यह भी पता चलता है कि एक अभियुक्त के पास क्या-क्या अधिकार है।

अग्रिम ज़मानत
(ANTICIPATORY BAIL)
कौन, कब, कैसे और कहाँ से ले सकता है?

अध्याय – 4

अग्रिम ज़मानत
(ANTICIPATORY BAIL)
कौन, कब, कैसे और कहाँ से ले सकता है?

भारत का संविधान भारत के नागरिकों को कई प्रकार के मौलिक अधिकार प्रदान करता है। परन्तु कुछ मौलिक अधिकार ऐसे हैं जो नागरिकों और ग़ैर नागरिकों दोनों के लिए उपलब्ध है। जीवन और

व्यक्तिगत स्वतंत्रता का अधिकार इन अधिकारों में से एक है जो कि संविधान के अनुच्छेद 21 द्वारा प्रदान किया गया है। व्यक्तिगत स्वतंत्रता के अधिकार को सुनिश्चित करने के लिए ही ज़मानत का प्रावधान अस्तित्व में आया। 'ज़मानत' से तात्पर्य गिरफ़्तार किए गए व्यक्ति या कैदी की भविष्य में पुलिस या न्यायालय समक्ष हाज़िरी सुनिश्चित करने के लिए प्रतिभूति (Surety) लेकर छोड़ना है। आपराधिक मुकदमों में ज़मानत के बारे में दण्ड प्रिक्रिया संहिता, 1973 के अध्याय 33 में लिखा गया है।

समान्यतः ज़मानत दो प्रकार की होती है :

1. नियमित ज़मानत (REGULAR BAIL)
2. अग्रिम ज़मानत (ANTICIPATORY BAIL)

नियमित ज़मानत केवल F.I.R. और गिरफ़्तारी के पश्चात् ही अभियुक्त द्वारा लगाई जा सकती है जबकि ***गुरबक्श सिंह सीबीया बनाम स्टेट ऑफ पंजाब, 1980 (Gurbaksh Singh Sibbia V. State Of Punjab)*** में माननीय सर्वोच्च न्यायलय ने यह स्पष्ट किया कि अग्रिम ज़मानत F.I.R. दर्ज हाने से पहले या F.I.R. के पश्चात् और गिरफ़्तारी से पहले कभी भी लगाई जा सकती है। इस अध्याय में हम अग्रिम ज़मानत के बारे में विस्तारपूर्वक पढ़ेंगे।

जब किसी व्यक्ति के पास यह विश्वास करने का कारण होता है कि उसे बिना किसी कारण से एक निश्चित अज़मानतीय अपराध (NON BAILABLE OFFENCE) के लिए गिरफ़्तार किया जा सकता है तो वह माननीय उच्च न्यायालय (HIGH COURT) या सेशन न्यायालय (COURT OF SESSION) के समक्ष अग्रिम जमा़नत का आवेदन पत्र लगा सकता है। इस ज़मानत अनुसार यदि तत्पश्चात् उस निश्चित अपराध (जिस के लिए ज़मानत मिली है) के लिए उसे (आवेदक) गिरफ़्तार किया जाता है तो न्यायालय का ज़मानत वाला आदेश दिखाने पर पुलिस

अधिकारी को उसे ज़मानत पर तुरंत छोड़ना पड़ेगा। यह ज़मानत न्यायालय के पास गिरफ़्तार होने से पहले लगाई जाती है, इस लिए इसे अग्रिम ज़मानत (ANTICIPATORY BAIL) के नाम से जाना जाता है। अग्रिम ज़मानत के लिए आवेदन पत्र दण्ड प्रिक्रिया संहिता, 1973 (CRIMINAL PROCEDURE CODE, 1973) की धारा 438 के अन्तगर्त लगाया जाता है।

जब भी कोई व्यक्ति धारा 438 अन्तगर्त अग्रिम ज़मानत का आवेदन पत्र लगाता है तो निर्णय सुनाने से पहले न्यायालय कई बातों को ध्यान में रखती है जैसे कि :

1. जिस अपराध के लिए उस व्यक्ति को गिरफ़्तार किया जा सकता है, वह घोर अपराध है या नहीं;
2. क्या आवेदक (जिसने ज़मानत के लिए आवेदन पत्र दिया है) जमानत की आड़ में दण्ड से बचने के लिए भाग सकता है?;
3. क्या आवेदक विरुद्ध अभियोग/दोष (Accusation) केवल उस की प्रतिष्ठा को कम करने के लिए या उसका अपमान करने के लिए लगाए गए हैं? आदि।

इन सब बातों को ध्यान में रखते हुए न्यायालय अग्रिम ज़मानत के आवेदन पत्र पर निर्णय सुनाती है। जैसे कि केरला उच्च न्यायालय ने लक्ष्यद्वीप की फिल्म-निर्माता आईशा सुल्ताना को देशद्रोह के मामले में अग्रिम ज़मानत देते हुए कहा कि उन के बयान में कोई स्पष्ट संकेत नहीं है जो राष्ट्र हित के विपरीत लगने वाले अपराधों या वादों जैसा प्रतीत हो।

कई बार न्यायालय आवेदन-पत्र पर अंतिम निर्णय (Final Decision) न देकर ज़मानत का अंतरिम आदेश (INTERIM ORDER) पारित कर देता है। इस का अर्थ यह है कि जब तक आवेदन पत्र पर अंतिम निर्णय नहीं आ जाता, उस समय दौरान यदि पुलिस अधिकारी आवेदक

को गिरफ़्तार करता है तो अंतरिम ज़मानत वाला आदेश देखने पर पुलिस अधिकारी को आवेदक को ज़मानत पर छोड़ना पड़ेगा। अंतरिम आदेश पारित करने के पश्चात् न्यायालय लोक अभियोजक (PUBLIC PROSECUTOR) और पुलिस कप्तान को कम से कम 7 दिन का नोटिस देता है ताकि अग्रिम ज़मानत के आवेदन पत्र पर अंतिम निर्णय देने से पहले उन को सुना जा सके। यदि न्यायालय अंतिम निर्णय में अग्रिम ज़मानत देने से इन्कार कर देता है तो पुलिस अधिकारी उस निश्चित अज़मानतीय अपराध के लिए आवेदक को बिना वॉरंट के गिरफ़्तार कर सकता है। इस के विपरीत यदि अंतिम निर्णम में अग्रिम ज़मानत दे दी जाती है और उस के पश्चात् पुलिस अधिकारी उस व्यक्ति को गिरफ़्तार करता है तो न्यायालय का निर्देश दिखाने पर पुलिस को उस व्यक्ति को ज़मानत पर छोड़ना पड़ेगा।

अग्रिम ज़मानत व्यक्ति का अधिकार नहीं होता बल्कि यह न्यायालय पर निर्भर होती है अर्थात् न्यायालय तथ्यों को देखते हुए निर्णय करता है कि ज़मानत देनी है या नहीं। **उदाहरण :** दो बार के ओलेंपिक तमगा विजेता पहलवान् सुशील कुमार को छत्रसाल स्टेडियम के बाहर दो पक्षों में हुई झड़प दौरान अपने साथी पहलवान की हत्या में शामिल होने वाले मुकदमे में दिल्ली सेशन न्यायालय ने यह कहते हुए अग्रिम ज़मानत देने से इन्कार कर दिया था कि अभियुक्त पर लगे आरोप गंभीर हैं।

अग्रिम ज़मानत मिलने के बाद यदि न्यायिक मजिस्ट्रेट ने उस व्यक्ति के विरुद्ध वॉरंट पारित करने हैं तो उच्च्य न्यायालय या सेशन न्यायालय द्वारा अग्रिम ज़मानत के निर्देश के कारण वह केवल ज़मानतीय वॉरंट ही पारित कर सकता है न कि ग़ैर ज़मानतीय वॉरंट। यहाँ ध्यान देने योग्य बात यह है कि अग्रिम ज़मानत का यह अर्थ नहीं है कि पुलिस अधिकारी आवेदक को गिरफ़्तार नहीं कर सकता बल्कि गिरफ़्तारी के पश्चात् पुलिस अधिकारी को उसको ज़मानत पर तुरंत छोड़ना पड़ता है।

अग्रिम ज़मानत देते समय सेशन या उच्च न्यायालय कई प्रकार की शर्तें आवेदक पर लगा सकता है जैसे कि :

- जब भी न्यायालय द्वारा मुकदमे की जाँच या पुलिस अधिकारी द्वारा मुकदमे के अन्वेषण (Investigation) में अभियुक्त को बुलाया जाएगा तो वह उनके समक्ष हाज़िर होगा।
- वह किसी भी प्रकार से मुकदमे के साक्षियों को प्रभावित करने या प्रमाणों को मिटाने का प्रयत्न नहीं करेगा।
- वह व्यक्ति न्यायालय की पूर्व अनुज्ञा (Permission) के बिना भारत नहीं छोड़ेगा आदि।

सेशन या उच्च न्यायालय को यह शर्तें लगाने का अधिकार इस लिए दिया गया है ताकि भविष्य में वह व्यक्ति (अभियुक्त) किसी भी प्रकार से पुलिस अन्वेषण आदि को प्रभावित न करे और यदि वह अपराधी पाया जाता है तो दण्ड भुगतने के लिए तैयार रहे।

अग्रिम ज़मानत मिलने के पश्चात् यदि वह अभियुक्त सेशन या उच्च न्यायालय द्वारा लगाई गई किसी भी प्रतिबन्धता का उल्लंघन करता है तो दण्ड प्रिक्रिया संहिता, 1973 की धारा 439 (2) अनुसार माननीय उच्च न्यायालय या सेशन न्यायालय अग्रिम ज़मानत रद्द कर सकती है और इस के पश्चात् उसको पुलिस अधिकारी द्वारा गिरफ़्तार कर के जेल भेजा जा सकता है। यहाँ पर यह ध्यान में रखना आवश्यक होगा कि यदि अग्रिम ज़मानत सेशन न्यायालय द्वारा दी गई थी तो धारा 439 (2) के अन्तगर्त उसको उच्च न्यायालय या सेशन न्यायालय में से कोई भी रद्द कर सकती है जबकि यदि अग्रिम ज़मानत उच्च न्यायालय (HIGH COURT) से ली गई थी तो उस को केवल उच्च न्यायालय ही रद्द कर सकती है।

चाहे यह न्यायालय के ऊपर निर्भर करता है कि अग्रिम ज़मानत देनी है या नहीं परन्तु 2018 मे धारा 438 (4) को शामिल किया गया,

जिस के अनुसार भारतीय दण्ड संहिता, 1860 (Indian Penal Code, 1860) की धारा 376 (3), 376-AB, 376-DA, 376DB जो कि लड़कियों के बलात्कार से सम्बन्धित हैं, उनमें न्यायालय कभी भी अग्रिम ज़मानत प्रदान नहीं करेगी क्योंकि यह एक घोर अपराध है और अभियुक्त द्वारा पीड़िता और साक्षियों को प्रभावित करने और साक्ष्यों को मिटाने के आसार अधिक होते हैं।

इस प्रकार हमें ज्ञान होता है कि अग्रिम ज़मानत क्या होती है और इस को कौन, कब, कैसे और कहाँ पर लगा सकता है।

'ज़मानत'
क्या यह अभियुक्त का अधिकार है?

अध्याय – 5

'ज़मानत'
क्या यह अभियुक्त का अधिकार है?

पिछले अध्याय में हमने अग्रिम ज़मानत के बारे में पढ़ा, अब हम नियमित ज़मानत (REGULAR BAIL) के बारे में बात करेंगे। नियमित ज़मानत का आवेदन अभियुक्त द्वारा गिरफ़्तारी के बाद लगाया

जाता है। नियमित ज़मानत कब अभियुक्त का अधिकार होती है और कब नहीं इस को जानने से पहले हमें अपराधों के बारे में पता होना चाहिए। दण्ड प्रिक्रिया संहिता, 1973 में अपराधों को दो भागों में विभाजित किया गया है :

1 ज़मानतीय अपराध (BAILABLE OFFENCE)

2. अज़मानतीय अपराध (NON BAILABLE OFFENCE)

इस अधिनियम की धारा 436 ज़मानतीय अपराधों में ज़मानत से सम्बन्धित है। जिस के अनुसार जब किसी ज़मानतीय अपराध के लिए किसी व्यक्ति को गिरफ़्तार किया जाता है तो वह उसी पुलिस अधिकारी (जिस द्वारा उस को गिरफ़्तार किया जा रहा है) या न्यायालय (COURT OF JUDICIAL MAGISTRATE) के समक्ष ज़मानत के लिए आवेदन पत्र लगा सकता है। ज़मानतीय अपराधों में ज़मानत अभियुक्त का अधिकार होता है। यदि वह ज़मानत-पत्र (BAIL BOND) देने के लिए तैयार है तो पुलिस अधिकारी या न्यायालय उसको ज़मानत देने से इन्कार नहीं कर सकता। यहाँ तक कि धारा 50 (2) अनुसार पुलिस अधिकारी का यह कर्त्तव्य होता है कि वह अभियुक्त को उस के इस अधिकार से परिचित करवाए। यह बात अलग है कि यदि अभियुक्त बाद में ज़मानत-पत्र की शर्तों का उल्लंघन करता है तो उस की ज़मानत न्यायालय द्वारा रद्द की जा सकती है और उसे गिरफ़्तार करके जेल/कारागृह में रखा जा सकता है।

दूसरी ओर ज़मानतीय अपराधों के विपरीत अज़मानतीय अपराधों में 'ज़मानत' लेना अभियुक्त का अधिकार नहीं होता। यह न्यायालय की इच्छा पर निर्भर करता है कि उसने ज़मानत देनी है या नहीं। उस की यह इच्छा मुकदमे के तथ्यों पर निर्भर करती है। न्यायलय देखती है कि :

1. अभियुक्त द्वारा किया गया अपराध घोर अपराध है या नहीं,
2. यदि अभियुक्त को ज़मानत दी जाती है तो क्या वह गवाहों को प्रभावित कर सकता है?,
3. क्या अभियुक्त साक्ष्यों (EVIDENCES) को मिटाने का प्रयास कर सकता है या नहीं? आदि।

इन सब बातों को ध्यान में रख कर न्यायलय देखता है कि ज़मानत देनी चाहिए या नहीं। अज़मानतीय अपराधों में ज़मानत के बारे में दण्ड प्रिक्रिया संहिता, 1973 की धारा 437 में लिखा गया है। चाहे अज़मानतीय अपराधों में ज़मानत न्यायालय पर निर्भर होती है कि उसने ज़मानत देनी है या नहीं परन्तु कई बार परिस्थितियाँ ऐसी बन जाती हैं कि अज़मानतीय अपराधों में भी ज़मानत अभियुक्त का अधिकार बन जाता है। इस की सब से मुख्य उदाहरण है डिफ़ॉल्ट ज़मानत/वैधिक ज़मानत (DEFAULT BAIL)।

दण्ड प्रिक्रिया संहिता, 1973 (CRIMINAL PROCEDURE CODE, 1973) की धारा 57 अनुसार अभियुक्त को गिरफ़्तार करने के पश्चात् 24 घण्टों में निकट के न्यायालय के समक्ष पेश करना होता है। यदि पुलिस को यह लगता है कि गिरफ़्तारी से 24 घंटे की अवधि में अन्वेषण पूरी नहीं हुई तो अभियुक्त को न्यायालय के सामने पेश करते समय पुलिस अधिकारी और समय के लिए पुलिस अभिरक्षा का आवेदन पत्र लगा सकता है। यदि न्यायालय को पुलिस के बयानों और मुकदमे के तथ्यों को देख कर लगता है कि अभियुक्त को अभी और पुलिस अभिरक्षा में रखना आवश्यक है तो वह अभियुक्त को फिर से पुलिस अभिरक्षा में भेज सकता है। इसके विपरीत यदि न्यायालय समझता है कि पुलिस रिमांड/पुलिस अभिरक्षा (Police Custody) की आवश्यकता नहीं है तो वह अभियुक्त को न्यायिक अभिरक्षा (Judicial Custody) में भेज सकता है या फिर ज़मानत पर छोड़ सकता है। पुलिस अभिरक्षा/पुलिस रिमांड में अभियुक्त को पुलिस स्टेशन में बनी जेल में रखा जाता

है, जहाँ पुलिस अधिकारी जब चाहे उससे पूछताछ कर सकता है इस के लिए उसको न्यायालय की आज्ञा की जरूरत नहीं होती। इसके विपरीत न्यायिक अभिरक्षा में अभियुक्त को पुलिस स्टेशन की जेल में न भेजकर दूसरी जेल में भेजा जाता है। यदि पुलिस अधिकारी उस अभियुक्त (जिसे न्यायिक अभिरक्षा में भेजा गया है) से पूछताछ करना चाहता है तो उसे पहले न्यायालय की अनुमति लेनी पड़ती है।

यहाँ ध्यान देने योग्य बात यह है कि न्यायालय केवल इस अनुसार कार्य नहीं करता कि पुलिस आधिकारी की क्या इच्छा है, वह अपनी सूझ-बूझ से और सभी तथ्यों को ध्यान में रखते हुए विचार करता है कि अभियुक्त को पुलिस अभिरक्षा में भेजना है या न्यायिक अभिरक्षा में। धारा 167 (2) अनुसार न्यायालय अभियुक्त को कुल 15 (पंद्रह) दिन से अधिक पुलिस अभिरक्षा में नहीं भेज सकता। यदि अभियुक्त को पंद्रह से कम दिनों के लिए पुलिस अभिरक्षा में भेजा गया है और वह अवधि समाप्त होने से पहले यदि पुलिस को लगता है कि और पुलिस अभिरक्षा चाहिए तो वह फिर से न्यायालय के समक्ष आवेदन पत्र लगाएगा। जब भी पुलिस अभिरक्षा के लिए पुलिस द्वारा आवेदन पत्र लगाया जाएगा तो उसके साथ अभियुक्त को न्यायालय के समक्ष पेश करना अनिवार्य होगा।

धारा-167 (2) अनुसार मुकदमे के अन्वेषण (INVESTIGATION) दौरान न्यायालय अभियुक्त को पुलिस और न्यायिक अभिरक्षा मिला कर अधिक से अधिक 60 या 90 दिन के लिए भेज सकता है। यहाँ ध्यान देने योग्य बात यह है कि अभियुक्त को न्यायालय के समक्ष पहिली बार पेश करने के पश्चात् पहले पंद्रह दिनों में न्यायिक और पुलिस अभिरक्षा किसी में भी भेजा जा सकता है परन्तु 60 या 90 दिनों में से बचे 45 या 75 दिनों में न्यायालय अभियुक्त को केवल न्यायिक अभिरक्षा में ही भेज सकती है। 60 दिन उन मुकदमों/वादों के लिए हैं जिन में दण्ड 10 वर्ष से कम है और 90 दिन बाकी मुकदमों के लिए है अर्थात् जिन मुकदमों में दण्ड कम से कम 10 वर्ष या आजीवन कारावास

(LIFE IMPRISONMENT) या मृत्यु है। धारा-167 (2) अनुसार यदि अभियुक्त उपर्युक्त 60 या 90 दिन लगातार अभिरक्षा में रहा है अर्थात् उसको ज़मानत नहीं मिली और पुलिस इन 60 से 90 दिन में अन्वेषण (INVESTIGATION) पूरी करके न्यायलय में पुलिस रिपोर्ट पेश नहीं करती तो अभियुक्त के पास ज़मानत का अधिकार आ जाता है। इस ज़मानत को डिफ़ॉल्ट ज़मानत (Default Bail) के नाम से जाना जाता है। किसी मुकदमे में अन्वेषण को सम्पूर्ण करने के बाद जो रिपोर्ट पुलिस द्वारा न्यायालय में प्रस्तुत की जाती है, पुलिस रिपोर्ट कहलाती है।

'Default' का अर्थ होता है 'चूक'। इस ज़मानत का अधिकार अभियुक्त के पास पुलिस की चूक के कारण पैदा होता है अर्थात् 60 या 90 दिन में अन्वेषण न पूरी करके पुलिस रिपोर्ट न पेश करने के कारण पैदा होता है इस लिए इस ज़मानत को डिफ़ॉल्ट ज़मानत (Default Bail) का नाम दिया गया है। यदि 60 या 90 दिन बीत जाने के पश्चात् अभी पुलिस रिपोर्ट पेश नहीं हुई और अभियुक्त ने धारा 167 (2) के अन्तगर्त न्यायालय के समक्ष डिफ़ॉल्ट ज़मानत का आवेदन पत्र लगा दिया तो न्यायालय को अभियुक्त को ज़मानत पर छोड़ना पड़ेगा क्योंकि अब ज़मानत लेना उस का अधिकार बन चुका है। **उदाहरण :** मान लीजिए कि किसी "A" व्यक्ति को किसी अपराध के लिए गिरफ़्तार करके अभिरक्षा में रखा गया है और उसको लगातार अभिरक्षा में (पुलिस और न्यायिक अभिरक्षा मिला कर) 60 या 90 दिन पूरे हो चुके हैं और अब तक पुलिस द्वारा पुलिस रिपोर्ट पेश नहीं की गई। 60 या 90 दिन के पश्चात् पुलिस रिपोर्ट पेश होने से पहले यदि "A" धारा 167 (2) अधीन न्यायालय के समक्ष ज़मानत का आवेदन पत्र लगा देता है तो न्यायालय को उस को ज़मानत पर छोड़ना पड़ेगा। परन्तु शर्त (Condition) यह है कि "A" ज़मानत-पत्र (BAIL BOND) देने के लिए तैयार हो। यदि निश्चित समय (60 या 90 दिन) में पुलिस रिपोर्ट पेश नहीं की जाती तो यह न्यायालय का उत्तरदायित्व होता है कि वह अभियुक्त को उसके डिफ़ॉल्ट

ज़मानत (Default Bail) के अधिकार से अवगत् करवाए। इतना ही नहीं, न्यायालय यह भी सुनिश्चित करेगा कि अभियुक्त के पास डिफॉल्ट ज़मानत का आवेदन पत्र लगाने के लिए वकील है या नहीं। यदि उस के पास वकील नहीं है तो न्यायालय उस को सरकार के खर्चे पर वकील उपलब्ध करवाएगा।

यहाँ यह बात ध्यान में रखनी आवश्यक है कि यदि 60 या 90 दिन पूरे हो गए हैं परन्तु अभी अभियुक्त ने धारा 167 (2) के अन्तगर्त ज़मानत का आवेदन पत्र नहीं लगाया और उस से पहले पुलिस ने पुलिस रिपोर्ट पेश कर दी है तो अभियुक्त का डिफ़ॉल्ट ज़मानत का अधिकार समाप्त हो जाएगा क्योंकि कहा जाता है कि जो लोग अपने अधिकारों के लिए सोए रहते हैं, न्यायालय भी उन की सहायता नहीं कर सकते। यह ज़मानत का अधिकार इस लिए दिया गया है ताकि अन्वेषण करने वाली एजेंसी (INVESTIGATING AGENCY) शीघ्र अति शीघ्र अन्वेषण समाप्त करके पुलिस रिपोर्ट पेश करे ताकि अभियुक्त के व्यक्तिगत स्वतंत्रता जैसे अधिकारों को सुरक्षित किया जा सके जो कि भारतीय संविधान के अनुच्छेद 21 द्वारा प्रदान किए गए हैं। यदि कोई अभियुक्त धारा 167 (2) अधीन ज़मानत लगाता है और न्यायालय डिफॉल्ट ज़मानत देने से इन्कार कर देता है तो अभियुक्त उस निर्णय के विरुद्ध अपील में जा सकता है। इस अपील के चलते यदि पुलिस द्वारा पुलिस रिपोर्ट पेश भी कर दी जाती है तो भी अभियुक्त को डिफॉल्ट ज़मानत के अधिकार से वंचित नहीं किया जा सकता क्योंकि उस को पहले डिफ़ॉल्ट ज़मानत न्यायालय की ग़लती के कारण नहीं मिली थी न कि खुद की ग़लती के कारण।

धारा-167 (2) चाहे दण्ड प्रिक्रिया संहिता, 1973 के अध्याय 12 के अन्तगर्त आती है परन्तु धारा-167 में लिखा गया है कि इस धारा अधीन दी गई ज़मानत को इस तरह माना जाएगा जैसे कि यह ज़मानत अध्याय 33 के अन्तगर्त दी गई हो। इस का प्रभाव यह पड़ेगा कि यदि भविष्य में अभियुक्त ज़मानत पत्र (Bail Bond) की शर्तों का उल्लंघन करता

है तो उस की धारा-167 (2) में दी गई ज़मानत को धारा-437 (5) के अन्तगर्त न्यायालय (COURT OF JUDICIAL MAGISTRATE) द्वारा और धारा-439 (2) अधीन सेशन न्यायालय (COURT OF SESSION) या उच्च न्यायालय (HIGH COURT) द्वारा रद्द किया जा सकता है। परन्तु 167 (2) की ज़मानत के पश्चात् यदि पुलिस रिपोर्ट पेश कर दी जाती है तो केवल इस कारण से अभियुक्त की ज़मानत को रद्द नहीं किया जा सकता।

इस के अतिरिक्त यहाँ ध्यान देने योग्य बात यह है कि यह आवश्यक नहीं कि अभियुक्त 60 या 90 दिन समाप्त होने की प्रतीक्षा करे और उस के पश्चात् डिफॉल्ट ज़मानत (Default Bail) के लिए आवेदन पत्र लगाए। अभियुक्त अभिरक्षा दौरान (60 या 90 दिन दौरान) नियमित ज़मानत (Regular Bail) का आवेदन पत्र लगा सकता है। यदि अभियुक्त को नियमित ज़मानत नहीं मिली और इस समय दौरान अभियुक्त को अभिरक्षा में 60 या 90 दिन पूरे हो जाते हैं लेकिन पुलिस ने अभी पुलिस रिपोर्ट पेश नहीं की तो फ़िर डिफॉल्ट ज़मानत का अधिकार अभियुक्त के पास आ जाता है। यदि अब वह ज़मानत के लिए आवेदन पत्र लगाना चाहता है तो उसे नियमित ज़मानत न लगाकर डिफ़ॉल्ट ज़मानत लगानी चाहिए क्योंकि डिफॉल्ट ज़मानत में ज़मानत उस का अधिकार है परंतु नियमित ज़मानत (अज़मानतीय अपराधों में) में नहीं।

इस प्रकार हमें पता चलता है कि किस तरह और किन मुकदमों में अभियुक्त के पास ज़मानत का अधिकार है और किन मुकदमों में अभियुक्त की ज़मानत न्यायालय पर निर्भर करती है।

ज़मानत (BAIL),
पैरोल (PAROLE)
और फ़रलो (FURLOUGH)
क्या इन में कोई अंतर है?

अध्याय – 6

ज़मानत (BAIL), पैरोल (PAROLE) और फ़रलो (FURLOUGH) क्या इन में कोई अंतर है?

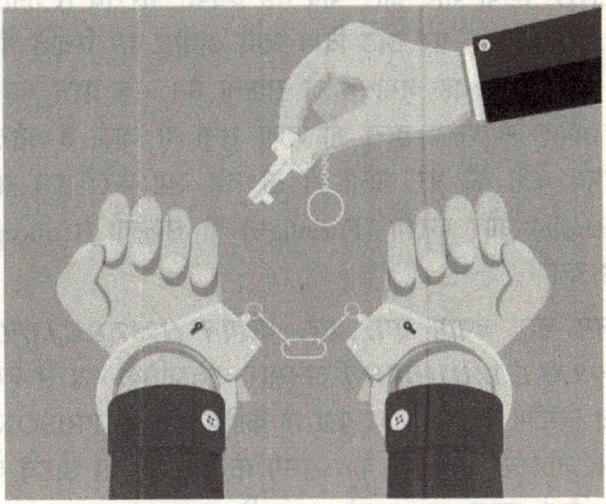

मनुष्य एक सामाजिक प्राणी है, इस को समाज में रहने और भ्रमण करने का पूर्ण रूप से अधिकार है। अनुच्छेद 21 द्वारा दिए गए व्यक्तिगत स्वतंत्रता के अधिकार को इतना महत्त्वपूर्ण समझा गया है कि

सामान्यतः एक अभियुक्त को उस समय तक जेल में बंद नहीं किया जाता जब तक यह स्पष्ट न हो जाए कि अपराध उसी व्यक्ति ने किया है। उनके इस अधिकार को ज़मानत के द्वारा सुरक्षित रखा गया है।

एक अभियुक्त ज़मानत के लिए आवेदन पत्र F.I.R. दर्ज होने से पहले और F.I.R. दर्ज होने से लेकर जब तक वाद न्यायालय में चलता है उस समय तक लगा सकता है। जब न्यायालय द्वारा अभियुक्त को सज़ा सुना दी जाती है तो उसके पास ज़मानत लगाने का अधिकार समाप्त हो जाता है। अब उस को उतना समय जेल में व्यतीत करना पड़ता है जब तक उसकी सज़ा की अवधि पूरी न हो जाए। परन्तु यदि वह दोषसिद्ध व्यक्ति उस दंड़ादेश के खिलाफ अपील कर देता है तो अपील न्यायालय आदेश दे सकता है कि दंड़ादेश को अपील लंबित रहने तक निलंबित (SUSPEND) किया जाए और यदि वह व्यक्ति परिरोध (Confinement) में है तो उसे ज़मानत पर छोड़ दिया जाए अर्थात् इस स्थिति में दोषसिद्ध होने के पश्चात् भी वह ज़मानत ले सकता है। अब प्रश्न यह उठता है कि यदि अपील न्यायलय द्वारा भी सज़ा सुना दी जाती है और सज़ा के चलते समय कैदी को घर जाना हो तो वह क्या करे? इस समस्या को पैरोल (Parole) और फ़रलो (Furlough) दो संकल्पों (Concepts) द्वारा दूर किया गया।

पूनम लता बनाम एम. एल. वधवन (1987 S.C.) (POONAM LATA V/S M.L. WADHWAN) अनुसार ऐतिहासिक रूप से पैरोल फ़ौजी कानून का निर्माण है। यह शब्द युद्ध के कैदियों (WAR PRISONERS) को वापिस आ जाने के वचन पर कुछ समय के लिए कैद से छोड़ने के सम्बन्ध में प्रयोग किया जाता था। पहले अपराधी कानून (CRIMINAL LAW) में इस संकल्प (Concept) का कोई अस्तित्व नहीं था। पर अपराध और अपराधी की ओर समाज में आ रहे परिवर्तन के परिणामस्वरूप सज़ा काट रहे अपराधियों के सुधार के लिए उन को पैरोल पर छोड़ा जाने लगा। इस के अतिरिक्त जब व्यक्ति सज़ा काट रहा होता था तो उसको घर और

समाज में भी आवश्यक काम पड़ते थे जो वह जेल में बैठ कर पूरे नहीं कर सकता था या कई बार जेल में रहते वह बीमार हो जाता था। इन सब बातों को ध्यान में रखते हुए सज़ा काट रहे अपराधियों को पैरोल पर छोड़ा जाने लगा।

पैरोल कैदी का अधिकार नहीं होता, यह सम्बन्धित अधिकारी पर निर्भर करता है कि कैदी को पैरोल पर छोड़ना है या नहीं। पैरोल के लिए आवेदन GOOD CONDUCT PRISONERS (TEMPORARY RELEASE)ACT के अन्तगर्त लगाया जाता है जो कि प्रत्येक राज्य (STATE) का अलग अलग है। पैरोल के आवेदन पत्र में कैदी अपने व्यक्तिगत कारण लिखता है जैसे कि :

(a) उस के पुत्र, पुत्री आदि का विवाह है।

(b) उस के घर किसी की मृत्यु हो गई है या कोई बहुत बीमार है।

(c) फ़सल बोने का समय आ गया है और उस के घर कोई अन्य व्यक्ति नहीं है जो फ़सल बो सके। आदि

कैदी द्वारा पैरोल के लिए आवेदन लगाने के पश्चात् सम्बन्धित अधिकारी इस बात की जाँच करते हैं कि ज़ो कैदी कह रहा है वह सत्य है या नहीं। इस जाँच के पश्चात् यदि उन को उचित लगता है तो वे उस कैदी को कुछ प्रतिबंधों अधीन (जैसे कि वह सम्बन्धित अधिकारी को बताए बिना अपना क्षेत्र छोड़ कर नहीं जाएगा आदि) एक निश्चित समय के लिए पैरोल पर छोड़ सकते हैं। इस समय दौरान यदि कैदी किसी प्रतिबंध का उल्लंघन करता है तो उस की पैरोल रद्द कर के उस को समय से पहले वापिस बुलाया जा सकता है। यहाँ ध्यान देने योग्य बात यह है कि जितना समय कैदी पैरोल पर बाहर रहता है उतना समय उसको जेल में अधिक रहना पड़ता है अर्थात् पैरोल का समय उस की सज़ा की अवधि में से कम नहीं होता। उदाहरण-एक अपराधी को 4 वर्ष की सजा हुई है। उसको 15 दिन

पैरोल पर छोड़ दिया जाता है तो वह पंद्रह दिन 4 वर्ष में से कम नहीं किए जाएँगे। उस को बाद में वह पंद्रह दिन और जेल में रहना पड़ेगा अर्थात् जेल में 4 वर्ष पूरे करने पड़ेंगे।

दैनिक जीवन में हम पैरोल और फ़रलो को एक समान समझ लेते हैं परन्तु इन में अंतर होता है। जब किसी एक कैदी को लंबे समय के लिए जेल भेज दिया जाता है तो समय समय पर उस को फ़रलो पर छोड़ा जाता है ताकि उस का मानसिक संतुलन बना रहे जो प्रायः लंबा समय जेल में रहने के कारण बिगड़ सकता है। फ़रलो कैदी को अपने परिवार से संपर्क बनाए रखने, समाज में सक्रिय रहने में और एक अच्छा मनुष्य बनने में मदद करती है। फ़रलो के लिए पैरोल की तरह कैदी को कोई व्यक्तिगत कारण बताने की आवश्यकता नहीं पड़ती। एक निश्चित अवधि जेल में व्यतीत करने के पश्चात् फ़रलो एक प्रकार का कैदी का अधिकार बन जाता है और वह इस के लिए आवेदन पत्र लगा सकता है परन्तु यदि सम्बन्धित अधिकारियों को लगता है कि फ़रलो पर कैदी को छोड़ना जनहित (IN PUBLIC INTEREST) के लिए ठीक नहीं है और ऐसा करने से कानूनी व्यवस्था बिगड़ सकती है तो फ़रलो का आवेदन रद्द भी किया जा सकता है।

फ़रलो प्राय : कैदी के जेल में अच्छे आचरण और लगातार तीन वर्ष जेल में काटने के पश्चात् पहली बार 3 सप्ताह के लिए और उस के पश्चात् वाले वर्षों में 2 सप्ताह के लिए दी जा सकती है। समान्यतः फ़रलो इस अवधि के अनुसार ही दी जाती है परन्तु यह अवधि अलग अलग राज्यों में अलग-अलग भी हो सकती है। यहाँ ध्यान देने योग्य बात यह है कि पैरोल के विपरीत फ़रलो को सज़ा का हिस्सा ही माना जाता है और कैदी जेल के बाहर रह कर भी अपनी सज़ा काट रहा होता है अर्थात् उपर्युक्त उदाहरण में यदि व्यक्ति को 14 दिन फ़रलो पर छोड़ दिया जाता है तो उसको सजा के 4 साल जेल में पूरे करने के लिए 14 दिन और जेल में नहीं काटने पड़ेंगे क्योंकि जो 14 दिन वह फ़रलो पर बाहर था,

उन दिनों के लिए ऐसा ही माना जाएगा कि उसने वह समय भी जेल में ही व्यतीत किया है। फ़रलो पर छोड़ते समय सम्बन्धित अधिकारी कैदी पर निश्चित प्रतिबंध भी लगा सकता है यदि वह व्यक्ति उन प्रतिबंधों का उल्लंघन करता है तो उस की फ़रलो रद्द की जा सकती है।

फ़रलो शब्द उस समय चर्चा में आया जब डेरा मुखी राम रहीम को 21 दिन के लिए फ़रलो पर छोड़ा गया। फ़रलो पर छोड़ते समय उस पर कई प्रतिबंध लगाए गए जिन में से एक था कि वह इन 21 दिनों के दौरान निश्चित स्थान से बाहर नहीं जाएगा।

इस प्रकार हमें ज्ञान होता है कि ज़मानत, पैरोल और फ़रलो में क्या अंतर है और कोई अभियुक्त या कैदी इनके लिए कब आवेदन पत्र लगा सकता है।

क्या होता है ट्रांजिट रिमांड और ट्रांजिट ज़मानत?

अध्याय – 7

क्या होता है ट्रांजिट रिमांड और ट्रांजिट ज़मानत?

जीवन का अधिकार हर व्यक्ति के पास उस समय से ही आ जाता है जब से वह इस संसार में जन्म लेता है। व्यक्तिगत स्वतंत्रता के अधिकार को ध्यान में रखते हुए संविधान के अनुच्छेद 22 (2) और दण्ड

प्रिक्रिया संहिता, 1973 (Criminal Procedure Code, 1973) की धारा 57 के अनुसार जब किसी व्यक्ति को पुलिस द्वारा गिरफ़्तार किया जाता है तो उसको 24 घण्टों में न्यायालय (Judicial Magistrate) के समक्ष पेश करना आवश्यक है। जब गिरफ़्तार व्यक्ति को न्यायालय समक्ष पेश किया जाता है तो वह परिस्थितियों को देख कर निर्णय लेता है कि अभियुक्त को पुलिस रिमांड/पुलिस अभिरक्षा या न्यायिक अभिरक्षा (JUDICIAL CUSTODY) में भेजना है। इस के अतिरिक्त यदि न्यायालय को लगता है तो वह अभियुक्त को ज़मानत पर भी छोड़ सकता है।

दैनिक जीवन में हम पुलिस रिमांड और न्यायिक अभिरक्षा के बारे में अक्सर सुनते और पड़ते हैं। इनमें क्या अंतर होता है इस को हम अध्याय-5 ('ज़मानत' - क्या यह अभियुक्त का अधिकार है?) में विस्तारपूर्वक पढ़ चुके हैं। इन के अतिरिक्त आज कल एक शब्द ट्रांजिट रिमांड बहुत सुनने और देखने को मिल रहा है।

इस शब्द की चर्चा गायक सिद्धू मूसेवाला के हत्या कांड के समय हुई। गायक सिद्धू की कुछ अज्ञात लोगों ने गोलियाँ मार कर हत्या कर दी थी। इस हत्या कांड में लारैंस बिशनोई का नाम सामने आया। लारैंस बिशनोई उस समय तिहाड़ जेल में बंद था। पंजाब पुलिस सिद्धू मूसेवाला के मुकदमे में उस का पुलिस रिमांड लेकर उस से पूछ-ताछ करना चाहती थी। परन्तु किसी मुकदमे में पुलिस रिमांड अक्सर उस क्षेत्र का न्यायालय दे सकता है जिस के क्षेत्र में वह अपराध हुआ हो अर्थात् इस हत्या कांड में मानसा जिले की न्यायालय बिशनोई का पुलिस रिमांड दे सकती थी। इसलिए बिशनोई को उस न्यायलय (मानसा जिले की) के समक्ष पेश करना ज़रूरी था।

जब एक क्षेत्र या राज्य की पुलिस दूसरे क्षेत्र या राज्य में किसी व्यक्ति को गिरफ़्तार करने जाती है तो सब से पहले उस क्षेत्र के न्यायालय (जिस क्षेत्र से व्यक्ति को गिरफ़्तार किया जा रहा है) के पास ट्रांजिट रिमांड का आवेदन पत्र लगाती है। उस आवेदन पत्र के साथ पुलिस केस

डायरी भी लगाती है। ***'केस डायरी'*** से तात्पर्य उस डायरी से है जिस में पुलिस अधिकारी दिन-प्रतिदिन वाद के अन्वेषण सम्बन्धी लिखता है। पुलिस द्वारा लगाए गए आवेदन और डायरी आदि को देख कर यदि उस क्षेत्र या राज्य के न्यायालय को लगता है कि उस व्यक्ति की पुलिस द्वारा बताए गए वाद/मुकदमे के अन्वेषण के लिए आवश्यकता है तो न्यायालय ट्रांजिट रिमांड का आवेदन स्वीकार कर लेता है और पुलिस को अपने क्षेत्र में से उस व्यक्ति को ले कर जाने की आज्ञा दे देता है।

व्यक्ति का ट्रांजिट रिमांड लेने के पश्चात् पुलिस उस व्यक्ति को अभिरक्षा में लेती है और अपने क्षेत्र के न्यायालय के समक्ष पेश करती है। अब यह न्यायालय सभी परिस्थितियों को देख कर निर्णय लेता है कि उस व्यक्ति को पुलिस रिमांड/पुलिस अभिरक्षा में भेजना है या फिर न्यायिक अभिरक्षा में और वह उस अनुसार दण्ड प्रिक्रिया संहिता, 1973 की धारा-167 के अन्तगर्त आदेश दे देता है।

'ट्रांजिट रिमांड' शब्द पुलिस रिमांड और न्यायिक अभिरक्षा की तरह दण्ड प्रिक्रिया संहिता, 1973 में कहीं नहीं लिखा है। यह संकल्प (Concept) समय समय पर अलग अलग उच्च न्यायालयों और सर्वोच्च न्यायालय द्वारा प्रयोग किया गया। इस को प्रयोग में लाने के दो मुख्य कारण थे -

1. उस क्षेत्र के न्यायालय (जिस क्षेत्र में से व्यक्ति को गिरफ़्तार किया गया है) को पता चले कि उसके क्षेत्र में से किसी व्यक्ति को किसी और क्षेत्र की पुलिस पकड़ कर ले जा रही है।
2. दण्ड प्रिक्रिया संहिता, 1973 की धारा 167 और भारतीय संविधान के अनुच्छेद 22 (2) अनुसार गिरफ़्तार किए व्यक्ति को पुलिस, न्यायालय के आदेश के बिना 24 घण्टे से अधिक अभिरक्षा में नहीं रख सकती अर्थात् पुलिस को उस व्यक्ति को गिरफ़्तारी से 24 घण्टों के अंदर न्यायालय समक्ष पेश करना

होता है। परन्तु जब एक क्षेत्र या राज्य की पुलिस दूसरे क्षेत्र या राज्य में किसी व्यक्ति को गिरफ़्तार करने जाती थी तो उस क्षेत्र के न्यायालय (जिस के पास मुकदमा चल रहा होता था) के सामने उस व्यक्ति को 24 घण्टों में पेश करना कठिन हो जाता था क्योंकि कई बार व्यक्ति को दूसरे क्षेत्र से लाने में ही 24 घण्टे से अधिक समय लग जाता था, इस कारण उस व्यक्ति के मौलिक अधिकार (गिरफ़्तार किए व्यक्ति को हर परिस्थिति में न्यायालय सामने 24 घण्टों में पेश किया जाएगा जो कि अनुच्छेद 22 (2) द्वारा दिया गया है) का उल्लंघन होने लगा। इस के अतिरिक्त कई बार पुलिस जानबूझ कर उस व्यक्ति को अपने क्षेत्र के न्यायालय के समक्ष पेश करने में देरी करती और बहाना बनाती कि रास्ता लंबा हाने के कारण देरी हो गई।

इन सब बातों को ध्यान में रखते हुए ट्रांजिट रिमांड का सकंल्प लाया गया। यह ट्रांजिट रिमांड निर्धारित अवधि के लिए होता है। पुलिस को उस निर्धारित अवधि के अन्तगर्त व्यक्ति को अपने क्षेत्र के न्यायालय सामने पेश करना होता है। यदि पुलिस अधिकारी ऐसा नहीं करता तो उस के विरुद्ध कार्यवाही होगी।

'ट्रांजिट ज़मानत' :

ट्रांजिट रिमांड की तरह ट्रांजिट ज़मानत या ट्रांजिट अग्रिम ज़मानत का संकल्प भी चर्चा में रहता है। ज़मानत अक्सर उस क्षेत्र के न्यायालय द्वारा दी जाती है जिस के क्षेत्र में अपराध हुआ हो परन्तु ट्रांजिट ज़मानत में ज़मानत उस क्षेत्र (जिस में अपराध हुआ है) के न्यायालय द्वारा न देकर उस न्यायालय द्वारा दी जाती है जिस के क्षेत्र में वह व्यक्ति रह रहा हो जिस ने अग्रिम ज़मानत लगानी है। यह संकल्प व्यक्तिगत स्वतंत्रता के अधिकार को सुरक्षित रखने के लिए अस्तित्व में आया। कई बार जब एक व्यक्ति को ड़र होता था कि दूसरे क्षेत्र की पुलिस उस को किसी अज़मानतीय अपराध के लिए गिरफ़्तार करने आ सकती है तो वह कुछ नहीं कर सकता था क्योंकि अग्रिम ज़मानत का आवेदन पत्र तो केवल उस क्षेत्र (जहाँ पर अपराध हुआ है) के सेशन न्यायालय (DISTRICT COURT) या उच्च न्यायालय (High Court) के समक्ष लगाया जा सकता था, इस कारण उसका व्यक्तिगत स्वतंत्रता का अधिकार कुछ हद तक प्रभावित होने लगा। इस सब को दूर करने के लिए ट्रांजिट ज़मानत का संकल्प लाया गया। इस अनुसार वह व्यक्ति अपने क्षेत्र (जहाँ पर वह रह रहा है) के न्यायालय के पास ट्रांजिट ज़मानत का आवेदन पत्र लगा सकता है। यदि न्यायालय ट्रांजिट ज़मानत के आवेदन को स्वीकार कर लेती है तो जब दूसरे क्षेत्र की पुलिस उस व्यक्ति को गिरफ़्तार करने आएगी तो न्यायालय का आदेश (Order) दिखाने पर पुलिस को उस को ज़मानत पर छोड़ना पड़ेगा।

ट्रांजिट ज़मानत एक निर्धारित अवधि के लिए होती है। उस निर्धारित अवधि के अन्तगर्त व्यक्ति को उस क्षेत्र की (जहाँ अपराध हुआ है) सेशन या उच्च न्यायालय पास दण्ड प्रिक्रिया संहिता, 1973 की धारा 438 अंदर अग्रिम ज़मानत का आवेदन पत्र लगाना पड़ेगा। यह अब उस क्षेत्र के न्यायालय पर निर्भर करेगा कि ज़मानत देनी है या नहीं। यदि उस क्षेत्र

की न्यायालय अग्रिम ज़मानत देने से इन्कार कर देती है तो पुलिस उस व्यक्ति को अज़मानतीय अपराध के लिए गिरफ़्तार कर सकती है।

इस प्रकार हमें ट्रांजिट रिमांड और ट्रांजिट ज़मानत के उद्देश्य और इस के लिए आवेदन पत्र किस न्यायालय के समक्ष लगाना होता है, के बारे में जानकारी प्राप्त होती है।

दीवानी कानून से सम्बन्धित विषय
(TOPICS RELATED TO CIVIL LAW)

अध्याय – 8

पुरुष की संपत्ति-उत्तराधिकारी कौन?

संपत्ति के विभाजन का विवाद तो शताब्दियों से चलता आ रहा है। जब एक व्यक्ति बिना इच्छापत्र (WILL) लिखे मर जाता है तो सब से प्रथम प्रश्न यह उठता है कि उस की संपत्ति का उत्तराधिकारी कौन होगा?

1956 से पहले इस समस्या के समाधान के लिए कोई विशेष कानून नहीं था इस लिए स्वतंत्रता के पश्चात् इस समस्या को दूर करने के लिए हिन्दू उत्तराधिकारी अधिनियम, 1956 (HINDU SUCCESSION ACT, 1956) अस्तित्व में आया। यह अधिनियम हिन्दुओं पर लागू होता है और इस अधिनियम के लिए किस-किस को हिन्दू माना जाएगा वह इस अधिनियम की 'धारा-2' में बताया गया है। इस अनुसार केवल हिन्दू धर्म मानने वालों को ही हिन्दू नहीं माना गया बल्कि मुस्लिम, पारसी, ईसाई (CHRISTIANS), यहूदी (JEWS) को छोड़कर बाकी सभी धर्मों को मानने वाले लोगों जैसे कि सिक्ख, बौद्ध (BUDDHIST), जैन आदि को भी इस अधिनियम के लिए हिन्दू माना जाता है और उन पर भी यह अधिनियम लागू होता है।

इस अधिनियम के अनुसार एक हिन्दू पुरुष की मृत्यु होने पर (जो बिना इच्छापत्र लिखे मर गया है) उस की संपत्ति के उत्तराधिकारी और एक हिन्दू स्त्री की मृत्यु होने पर उस की संपत्ति के उत्तराधिकारी अलग-अलग होंगे। एक हिन्दू पुरुष की मृत्यु हाने पर उस की संपत्ति का उत्तराधिकारी कौन-कौन होगा? इस अध्याय में हम उस बारे में बात करने जा रहे हैं।

सामान्यतः संपत्ति दो प्रकार की होती है -

1. संयुक्त परिवार की संपत्ति (JOINT FAMILY PROPERTY)
2. स्वयं अर्जित संपत्ति (SELF ACQUIRED PROPERTY)

स्वयं अर्जित संपत्ति पर केवल संपत्ति बनाने वाले व्यक्ति का ही अधिकार होता है और वह जैसे चाहे उसको इस्तेमाल कर सकता है अर्थात् अपनी इच्छा के अनुसार व्यय कर सकता है, जिस को चाहे दान में दे सकता है आदि। कोई भी व्यक्ति उस को ऐसा करने से रोक नहीं सकता परन्तु संयुक्त परिवार की संपत्ति में ऐसा नहीं होता। संयुक्त परिवार की संपत्ति

में उस के पुत्र, पौत्र (पुत्र का पुत्र) और पड़पौत्र (पुत्र के पुत्र का पुत्र) का भी जन्म से अधिकार होता है। वर्ष 2005 में इस अधिनियम में संशोधन किया गया जिसके पश्चात् पुत्री भी पुत्र के समान संयुक्त परिवार की संपत्ति में अधिकारी है।

इस अधिनियम की धारा-6 (3) के अनुसार जब एक हिन्दू व्यक्ति की संयुक्त परिवार की संपत्ति के विभाजन से पहले मृत्यु हो जाती है तो बाद में जब उस संपत्ति का विभाजन होगा तो ऐसा माना जाएगा कि वह मृत व्यक्ति उस विभाजन वाले दिन जीवित है और उस का भी हिस्सा निकाला जाएगा। **उदाहरण-1 :** एक व्यक्ति A और उस की पत्नी B के पास दो पुत्र C, D और एक पुत्री E है। A के पास संयुक्त परिवार की संपत्ति के 5 एकड़ (5Acres) हैं और B की उस संपत्ति में विभाजन (Partition) होने से पहले ही 2016 में मृत्यु हो जाती है और वह अपने पीछे अपनी पत्नी L और पुत्र M छोड़ जाता है। 2017 में उस संयुक्त परिवार की संपत्ति का विभाजन होने लगता है, इस अधिनियम की धारा-6 (3) अनुसार उस दिन ऐसा माना जाएगा कि B जीवित है और उस का भी बराबर का हिस्सा निकाला जाएगा। यह बात ध्यान में रखने की आवश्यकता है कि जब संयुक्त परिवार की संपत्ति का विभाजन होता है तो सब से बड़े व्यक्ति (इस उदाहरण में A) की पत्नी (इस उदाहरण मे B) को भी बराबर का हिस्सा मिलता है, इस प्रकार A, B, D, E को एक एक एकड़ मिल जाएगा और C का भी एक एकड़ निकाल लिया जाएगा।

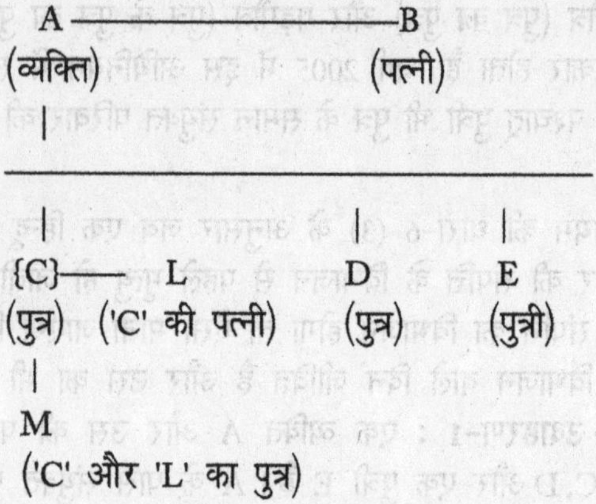

{ } - मृत व्यक्ति को दर्शाता है।

अब मन में प्रश्न उठता है कि जो एक एकड़ C का निकाला गया है उस का अधिकारी कौन होगा? इस का पता हमें इस अधिनियम की धारा-6 से 11 और इस अधिनियम में दी गई अनुसूची (SCHEDULE) से चलता है। इस अनुसूची को दो वर्गों में बाँटा गया है - वर्ग-1 (CLASS - I) और वर्ग-2 (CLASS - II)। वर्ग-1 में पहले 12 व्यक्ति होते थे परन्तु 2005 में संशोधन के पश्चात् इस वर्ग में 4 और व्यक्ति आ गए हैं, इस लिए अब वर्ग-1 में 16 लोग हैं। जो कि इस प्रकार हैं :

(i) पुत्र,

(ii) पुत्री,

(iii) विधवा पत्नी,

(iv) माता,

(v) पूर्व मृत पुत्र का पुत्र (पौत्र),

(vi) पूर्व मृत पुत्र की पुत्री (पौत्री),

(vii) पूर्व मृत पुत्री का पुत्र (दोहत्र),

(viii) पूर्व मृत पुत्री की पुत्री (दोहत्री),

(ix) पूर्व मृत पुत्र के पूर्व मृत पुत्र का पुत्र (पड़पौत्र)

(x) पूर्व मृत पुत्र के पूर्व मृत पुत्र की पुत्री (पड़पौत्री)

(xi) विधवा पुत्रवधु (पूर्व मृत पुत्र की विधवा)

(xii) विधवा पौत्रवधु (पूर्व मृत पुत्र के पूर्व मृत पुत्र की विधवा)

(xiii) पूर्व मृत पुत्री की पूर्व मृत पुत्री का पुत्र (दोहत्री का पुत्र)

(xiv) पूर्व मृत पुत्री की पूर्व मृत पुत्री की पुत्री (दोहत्री की पुत्री),

(xv) पूर्व मृत पुत्री के पूर्व मृत पुत्र की पुत्री (दोहत्रे की पुत्री),

(xvi) पूर्व मृत पुत्र की पूर्व मृत पुत्री की पुत्री (पौत्री की पुत्री)।

वर्ग -1 में दिए गए व्यक्ति मृत की संपत्ति के बराबर के अधिकारी होते हैं, परन्तु यहाँ ध्यान देने वाली बात यह है कि यदि मृत व्यक्ति का पुत्र जीवित है तो उस पुत्र के पुत्र (पौत्र) को मृत की स्वयं अर्जित संपत्ति में अधिकार नहीं मिलेगा। उदाहरण के लिए मान लीजिए कि F के पास 4 एकड़ स्वयं अर्जित संपत्ति है और उसके 4 पुत्र G, H, I, J हैं। 'G' का आगे एक पुत्र 'K' भी है। आज F की मृत्यु हो जाती है तो 4 एकड़ में से 1-1 एकड़ G, H, I, J में बाँटा जाएगा। K को कुछ नहीं मिलेगा क्योंकि 'F' का पुत्र 'G' जो कि 'K' का पिता है वह अभी जीवित है।

{F} (व्यक्ति)

4 एकड़

|

G पुत्र (1 एकड़)	H पुत्र (1 एकड़)	I पुत्र (1 एकड़)	J पुत्र (1 एकड़)
| K ('G' का पुत्र और 'F' का पौत्रा)			

{ }-मृत व्यक्ति को दर्शाता है।

वर्ग-2, वर्ग-1 जैसा नहीं है क्योंकि इसको अलग-अलग प्रविष्टियों (ENTRIES) में बाँटा गया है। वर्ग-2 में 9 प्रविष्टियाँ (Entries) दी गई हैं और अलग-अलग प्रविष्टियों में भिन्न-भिन्न व्यक्तियों के नाम दिए गए हैं। इस अधिनियम की धारा 9 अनुसार वर्ग-1 में दिए व्यक्तियों में मृत पुरुष की संपत्ति बराबर बाँटी जाएगी। यदि वर्ग-1 में दिए व्यक्तियों में से कोई भी जीवित नहीं है तो वर्ग-2 में दिए व्यक्तियों को उस मृत पुरुष की संपत्ति चली जाएगी। यहाँ पर एक बात ध्यान में रखने की आवश्यकता है कि वर्ग-1 जैसे वर्ग-2 में दिए व्यक्ति मृत पुरुष की संपत्ति के बराबर/समान के अधिकारी नहीं होते परन्तु इस वर्ग की एक प्रविष्टि में दिए अलग-अलग व्यक्ति बराबर के अधिकारी होते हैं। यदि पहली प्रविष्टि में दिया व्यक्ति जीवित है तो उस को सारी संपत्ति मिल जाएगी और अगर वह जीवित नहीं है तो प्रविष्टि-2 में दिए व्यक्तियों के पास संपत्ति चली जाएगी। वर्ग-2 में दी गई प्रविष्टियाँ इस प्रकार हैं :

प्रविष्टि-1 : पिता

प्रविष्टि-2 : भाई, बहिन, पुत्र की पुत्री का पुत्र (पौत्री का पुत्र)

प्रविष्टि-3 : पुत्री के पुत्र का पुत्र (दोहत्रे का पुत्र)

प्रविष्टि-4 : भाई के बच्चे, बहिन के बच्चे।

प्रविष्टि-5 : दादा (पिता का पिता), दादी (पिता की माता)।

प्रविष्टि-6 : विधवा भाभी (भाई की विधवा), पिता की विधवा

प्रविष्टि-7 : चाचा (पिता का भाई), बूआ (पिता की बहिन)

प्रविष्टि-8 : नाना (माता का पिता), नानी (माता की माता)।

प्रविष्टि-9 : मामा (माला का भाई), मासी (माता की बहिन)।

उदाहरण-2 : यदि वर्ग-1 में से कोई भी व्यक्ति जीवित नहीं है तो मर चुके व्यक्ति (C) की संपत्ति वर्ग-2 की प्रविष्टि-1 में दिए व्यक्ति भाव 'पिता' के पास चली जाएगी। उस से नीचे दी प्रविष्टियों (Entries) में दिए व्यक्ति C की संपत्ति के अधिकारी नहीं होंगे परन्तु यदि पिता भी जीवित नहीं है तो प्रविष्टी-2 में दिए व्यक्तियों में वह संपत्ति बराबर-बराबर बाँटी जाएगी।

इस अधिनियम की धारा 10 और वर्ग-1 के अनुसार एक मृत व्यक्ति की माता, पत्नी और बच्चे उस की संपत्ति के बराबर के अधिकारी होंगे। हमारी उदाहरण-1 अनुसार C की पत्नी L, पुत्र M और माता B जीवित हैं इसलिए C को जो 1 एकड़ मिलना था वह इन तीनों में समान रूप से बाँटा जाएगा। इसके अतिरिक्त यदि 'C' के पास कोई स्वयं अर्जित संपत्ति भी होती (जिसके संदर्भ में वह कोई इच्छापत्र (Will) न लिख कर गया हो) तो वह भी उपर्युक्त ढंग से बाँटी जाती।

अब प्रश्न यह उठता है कि यदि वर्ग-1 और वर्ग-2 में दिए व्यक्तियों में से कोई भी जीवित नहीं है तो संपत्ति किस के पास जाएगी? इस का उत्तर इस अधिनियम की धारा 8 से मिलता है जिस अनुसार

यह संपत्ति पिता के रिश्तेदारों (AGNATES) के पास चली जाएगी और यदि उन में से भी कोई जीवित नहीं है तो माता द्वारा बनते रिश्तेदारों (COGNATES) के पास चली जाएगी। अगर उपर्युक्त व्यक्तियों में से कोई भी जीवित नहीं है तो मृत व्यक्ति की संपत्ति (उदाहरण-1 में C) इस अधिनियम की धारा 29 अनुसार सरकार के पास चली जाएगी।

इस प्रकार हमें ज्ञान होता है कि एक हिन्दू पुरुष की मृत्यु (जो बिना इच्छापत्र लिखे मर गया है) के पश्चात् उस की संपत्ति का उत्तराधिकारी कौन-कौन होगा और किस ढ़ंग से मृत व्यक्ति की संपत्ति उन में बाँटी जाएगी।

स्त्री की संपत्ति-
उत्तराधिकारी कौन?

अध्याय – 9

स्त्री की संपत्ति-उत्तराधिकारी कौन?

स्त्री सृष्टि का एक ऐसा हिस्सा है जिस के बिना सृष्टि के अस्तित्व की कल्पना करना भी कठिन है। यदि स्त्री के भूतकाल की ओर दृष्टि दौड़ाएँ तो पता चलता है कि वैदिक काल में इस की प्रधानता

थी। यह प्रत्येक पक्ष से स्वतंत्र और सम्मान प्राप्त करने वाली थीं परन्तु जैसे-जैसे समाज में पुरुषों की प्रधानता (PATRIACHAL SYSTEM) बढ़ती गई, स्त्रियों की स्थिति में अवनति आनी शुरू हो गई।

यदि हम स्त्रियों के भू-संपत्ति सम्बन्धी अधिकारों की बात करें तो वर्ष 1956 से पहले इनके पास अपने पति की संपत्ति में भी कोई अधिकार नहीं था। अगर पति की मृत्यु भी हो जाती थी तो भी उसकी संपत्ति पत्नी को मिलने के स्थान पर पति के भाईयों या माता-पिता पास चली जाती थी परन्तु यहाँ ध्यान देने योग्य बात यह है कि पत्नी अपने जीवन काल समय पति की भू-संपत्ति अपने पास रख सकती थी ताकि उस का जीवन निर्वाह सरल हो सके।

भारत स्वतंत्र होने के पश्चात् स्त्रियों की स्थिति को सुधारने और उनको भिन्न-भिन्न प्रकार के अधिकार प्रदान करने के लिए सरकार द्वारा कई प्रयत्न किए गए। इन में से एक प्रयत्न हिन्दू उत्तराधिकारी अधिनियम, 1956 (HINDU SUCCESSION ACT) पारित करना था। इस अधिनियम की धारा 14(1) के अनुसार यदि किसी स्त्री के कब्जे में कोई भूमि है, जिस में उसका सीमित अधिकार (Limited Interest) है जो कि उसको पूर्व मौजूदा अधिकार (PRE EXISTING RIGHT) जैसे कि भरण पोषण (Maintenance) आदि के कारण मिला है, वह उस भूमि की पूर्ण रूप से स्वामी होगी अर्थात् ऐसा माना जाएगा कि वह उस की स्वयं अर्जित संपत्ति (SELF ACQUIRED PROPERTY) है। **उदाहरण :** मान लीजिए कि एक स्त्री 'A' का पति 'B' 1947 में मर गया था। उसकी भूमि का कब्जा उसकी पत्नी पास है और इस दौरान यह 1956 अधिनियम लागू हो गया तो वह भूमि अब उस स्त्री 'A' की हो जाएगी। वह जो चाहे उस भूमि के साथ कर सकती है अर्थात् बेच भी सकती है और यदि वह बिना इच्छापत्र (WILL) लिखे मर जाती है तो यह भूमि अब उसके पति 'B' के वारिसों/उत्तराधिकारियों (LEGAL HEIRS) के पास जाने के स्थान पर 'A' (पत्नी) के वारिसों के पास जाएगी। यदि यह अधिनियम पारित

न हुआ होता तो 'A' न तो उस भूमि को बेच सकती थी और उसकी मृत्यु के पश्चात् भूमि उसके पति 'B' के वारिसों के पास जानी थी। इस अधिनियम अनुसार **"वारिस"** से अभिप्रेत ऐसे व्यक्ति (पुरुष/स्त्री) से है जो इस अधिनियम के अधीन निर्वसीयत (जो बिना इच्छापत्र/वसीयत लिखे मर गया हो) कि संपत्ति का उत्तराधिकारी हो।

अब दिमाग में यह विचार आता है कि एक हिन्दू स्त्री "जो बिना इच्छापत्र लिखे मर गई है" की संपत्ति के उत्तराधिकारी कौन होंगे? इस अधिनियम की धारा 15 अनुसार निम्नलिखित व्यक्ति उस स्त्री की संपत्ति के उत्तराधिकारी होंगे :

(a) पति, पुत्र, पुत्री (पुत्र या पुत्री के जीवित न होने की अवस्था में उस मृत पुत्र/पुत्री के बच्चे)

(b) पति के वारिसों को

(c) स्त्री के माता-पिता को

(d) स्त्री के पिता के वारिसों को

(e) स्त्री की माता के वारिसों को

यहाँ ध्यान देने वाली बात यह है कि स्त्री की मृत्यु के बाद उसकी संपत्ति एक प्रविष्टि (ENTRY) में दिए व्यक्तियों के बीच बराबर बाँटी जाएगी। यदि ऊपर वाली प्रविष्टि में से कोई भी व्यक्ति जीवित है तो नीचे वाली प्रविष्टियों में आते व्यक्तियों को उस संपत्ति में से कुछ भी नहीं मिलेगा। **उदाहरण** - एक स्त्री के पास तीन एकड़ भू थी और वह बिना इच्छापत्र लिखे मर जाती है। उस का पति, एक पुत्र और एक पुत्री (ENTRY a) अभी जीवित हैं। इस अधिनियम की धारा 15 और 16 अनुसार तीनों को एक-एक एकड़ मिल जाएगा और निम्न प्रविष्टियों में आने वाले व्यक्ति, मृत के माता-पिता आदि को कुछ नहीं मिलेगा।

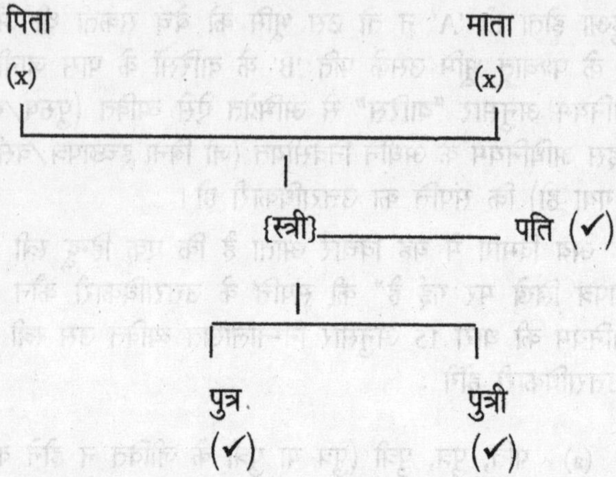

{ } - मृत व्यक्ति को दर्शाता है।

(x) - दर्शा रहा है कि इस व्यक्ति को मृत स्त्री की संपत्ति नहीं मिल रही।

(✓) - दर्शा रहा है कि इस व्यक्ति को मृत स्त्री की संपत्ति मिल रही है।

यदि स्त्री का पुत्र या पुत्री जीवित न हो तो उन का हिस्सा उस पुत्र या पुत्री के बच्चे ले सकते हैं। परन्तु अगर इन में से कोई भी जीवित नहीं है तो हम अगली प्रविष्टि [धारा 15-2 (b)] देखेंगे अर्थात् वह संपत्ति पति के वारिसों के पास चली जाएगी। पति के वारिसों को संपत्ति देने के लिए हम देखेंगे कि यदि उसका पति इस दिन मरता (जिस दिन पत्नी की मृत्यु हुई) और संपत्ति उस के पति की होती तो किस किस के पास जाती, उन के पास वह संपत्ति चली जाएगी। मान लीजिए कि एक C की पत्नी D की आज मृत्यु होती है। न D का पति C जीवित है और न ही D का कोई बच्चा है। अब D की संपत्ति C के वारिसों के पास चली जाएगी अर्थात् इस प्रकार बाँटी जाएगी जैसे वह C की होती और उसकी मृत्यु होने पर बाँटी जाती।

यदि उपर्युक्त दो प्रविष्टियों में से कोई भी जीवित नहीं है तो संपत्ति मृत स्त्री के माता-पिता के पास चली जाएगी क्योंकि वे तीसरी प्रविष्टि के अन्तगर्त आते हैं और अगर वे भी जीवित नहीं हैं तो संपत्ति मृत स्त्री के पिता के वारिसों के पास और उन में से भी कोई जीवित न होने की अवस्था में मृत स्त्री की माता के वारिसों के पास चली जाएगी। यदि उपर्युक्त व्यक्तियों में से कोई भी जीवित न हो तो इस अधिनियम की धारा 29 अनुसार मृत स्त्री की संपत्ति सरकार के पास चली जाएगी।

ऊपर जो भी हम ने बात की है वह हिन्दू स्त्री की उस संपत्ति के बारे में है जो इस अधिनियम के लागू होने के समय उस के कब्जे में थी और जिस में उसका सीमित अधिकार (भरण-पोषण (MAINTENANCE) आदि के कारण) भी था। परन्तु यदि संपत्ति हिन्दू स्त्री को विरासत (INHERITED) में मिली थी तो वह संपत्ति उस स्त्री की मृत्यु के पश्चात् ऊपर दिए गए ढ़ंग से न जाकर इस अधिनियम की धारा 15 (2) अनुसार बाँटी जाएगी। धारा 15 (2) अनुसार यदि किसी हिन्दू स्त्री को अपने पति या ससुर (FATHER IN LAW) से संपत्ति विरासत में मिलती है तो वह संपत्ति उस स्त्री की मृत्यु के पश्चात् उसके और उसके पति (जिस से और जिस के पिता से वह संपत्ति विरासत में मिली है) के पुत्र या पुत्री और अगर पुत्र या पुत्री जीवित नहीं है तो पुत्र या पुत्री के बच्चों के पास जाएगी। इन सब व्यक्तियों में से कोई भी जीवित न होने की अवस्था में वह संपत्ति उसके पति के वारिसों के पास चली जाएगी। **उदाहरण** - एक स्त्री L को अपने पति M से विरासत में 2 एकड़ भूमि मिली अर्थात् पति की मृत्यु के पश्चात् उस का हिस्सा उसकी पत्नी को मिला। अब जब उस स्त्री की मृत्यु हुई तो देखा गया कि L और M की कोई भी संतान नहीं थी। इस लिए ऐसी स्थिति में स्त्री की मृत्यु के पश्चात् वह 2 एकड़ भूमि स्त्री के पति के वारिसों के पास चली जाएगी न कि स्त्री के वारिसों को मिलेगी। यहाँ ध्यान देने वाली बात यह है कि यदि उस स्त्री के पास पहले से ही कोई बच्चा है अर्थात् बच्चा उस पति का नहीं है (दूसरा विवाह

होने की स्थिति में) जिस से उसको संपत्ति विरासत में मिली है तो वह संपत्ति बच्चे के पास जाने के स्थान पर उस के पति के वारिसों के पास सीधा चली जाएगी।

उसी प्रकार यदि उस स्त्री को संपत्ति अपने पिता या माता से विरासत में मिली है तो उस स्त्री के बच्चे या बच्चों के बच्चे न होने की स्थिति में वह संपत्ति उस स्त्री के पिता के वारिसों के पास चली जाएगी। धारा 15 (2) का मुख्य उद्देश्य यह भी है कि संपत्ति जिस स्रोत से आई है, वापिस वहाँ ही चली जाए।

इस अधिनियम के लागू हाने के पश्चात् स्त्री की स्थिति में बहुत सुधार हुआ और उनको कई प्रकार के अधिकार दिए गए। स्त्री की स्थिति को और सुधारने के लिए सरकार और न्यायालय आज भी काम कर रहे हैं। जैसे कि साल 2005 में हिन्दू उत्तराधिकारी अधिनियम में संशोधन कर पुत्रियों को संयुक्त परिवार की संपत्ति में पुत्रों के बराबर का अधिकार दिया गया जो कि बहुत ही प्रशंसनीय है।

पुत्री का संयुक्त परिवार की संपत्ति में अधिकार (विनीता शर्मा बनाम राकेश शर्मा)

अध्याय – 10

पुत्री का संयुक्त परिवार की संपत्ति में अधिकार

(विनीता शर्मा बनाम राकेश शर्मा)

भारतीय संविधान के अनुच्छेद 14 अनुसार हर एक व्यक्ति को विधि के समक्ष समान समझा जाएगा। यदि ऐसा नहीं होता तो वह व्यक्ति के मौलिक अधिकारों का उल्लंघन होगा। ऐसी स्थिति में पीड़ित

व्यक्ति अनुच्छेद 32 अधीन माननीय सर्वोच्च न्यायालय (SUPREME COURT) के पास या अनुच्छेद 226 अधीन माननीय उच्च न्यायालय (HIGH COURT) के पास सीधा जा सकता है। हमारे न्यायालयों और सरकार ने स्त्रियों को पुरुषों के समान स्थिति में लाने और बराबर के अधिकार देने के लिए बहुत प्रयत्न किए। इन में से एक प्रयत्न पुत्रियों को पुत्रों के बराबर संयुक्त परिवार की संपत्ति (JOINT FAMILY PROPERTY) में अधिकार दिलाने का था, जिसको पूरा वर्ष 2005 में हिन्दू उत्तराधिकारी अधिनियम, 1956 (HINDU SUCCESSION ACT, 1956) में संशोधान करके किया गया।

इस संशोधन के पश्चात् भी कई मुद्दे उठे जिन में से एक मुद्दा यह था कि क्या पुत्री को जन्म से ही संयुक्त परिवार की संपत्ति में अधिकार मिलेगा या फिर 2005 से? इस को समय-समय पर माननीय सर्वोच्च न्यायालय द्वारा सुलझाने का प्रयत्न किया गया और अंतः 11 अगस्त 2020 को तीन न्यायाधीशों वाले बैंच ने अपना निर्णय सुना कर इस दुविधा को दूर किया।

हिन्दू उत्तराधिकारी अधिनियम, 1956 (HINDU SUCCESSION ACT, 1956) के अनुसार संयुक्त परिवार की संपत्ति में केवल पुत्र, पौत्र (पुत्र का पुत्र) और पड़पौत्र (पुत्र के पुत्र का पुत्र) का अधिकार था अर्थात् संदायादता (COPARCENARY) केवल पुरुषों से ही बनती थी। “संदायादता” में आने वाले व्यक्तियों को ‘सहदायिक’ (COPARCENER) के नाम से जाना जाता है। ‘सहदायिक’ एक परिभाषा है जो उस व्यक्ति के लिए प्रयोग की जाती है जिस को जन्म के कारण संयुक्त परिवार की संपत्ति में अधिकार मिलता है। 2005 में हिन्दू उत्तराधिकारी अधिनियम, 1956 (HINDU SUCCESSION ACT, 1956) की धारा 6 में संशोधन किया गया और एक पुत्री को भी पुत्र की तरह सहदायिक (COPARCENER) बनाया गया और उसको भी संयुक्त परिवार की संपत्ति में अधिकार दिया गया। हिन्दू उत्तराधिकारी अधिनियम, 1956 अनुसार एक पुत्री को अपने

पिता की स्वयं अर्जित संपत्ति (Self Acquired Property) में 1956 से ही अधिकार है यदि उसका पिता बिना इच्छापत्र (WILL) लिखे मर जाता है क्योंकि पुत्री हिन्दू उत्तराधिकारी अधिनियम में दी गई अनुसूची के वर्ग-1 (CLASS-I) में आती है। इस वर्ग में आने वाले व्यक्ति मृत हिन्दू पुरुष की संपत्ति के बराबर के अधिकारी होते हैं। 2005 का संशोधन पुत्री को संयुक्त परिवार की संपत्ति में अधिकार देने के बारे में है। यह संशोधन 09/09/2005 से लागू हुआ, इस अनुसार एक पुत्री का एक पुत्र की तरह संयुक्त परिवार की संपत्ति में अधिकार होगा। परन्तु 2005 से पहले जन्मी पुत्री को अधिकार देने समय दो प्रश्न सामने आए :

1. उसको अधिकार 2005 से मिलेगा या पहले से अर्थात् वह संयुक्त परिवार की संपत्ति में अधिकार 2005 से माँग सकती है या उससे पहले भी माँग सकती थी?
2. क्या 09/09/2005 को उस पुत्री के पिता जीवित होना आवश्यक है?, या फिर यह महत्त्वहीन (Immaterial) है कि इस तिथि को उसका पिता जीवित है या नहीं?

पहले प्रश्न से तात्पर्य यह था कि इस संशोधन का प्रभाव सम्भावित (PROSPECTIVE) या पूर्वप्रभावी (RETROSPECTIVE) या फिर पूर्वव्यापी (RETROACTIVE) होगा?

इन प्रश्नों का उत्तर 2005 के संशोधन में सीधे रूप से नहीं लिखा गया। इन के उत्तर के लिए हमें सर्वोच्च न्यायालय के निर्णयों को देखना पड़ेगा जो कि इस प्रकार हैं :

2016 में ***प्रकाश बनाम फूलावती (PRAKASH V. PHULAWATI)*** वाद/मुकदमे में सर्वोच्च न्यायालय के दो न्यायाधीशों वाले बैंच (DIVISION BENCH) ने धारा 6 (1) और धारा 6 (3) (2005 के संशोधन के पश्चात् वाली धाराएँ) का हवाला देते हुए निर्णय सुनाया था कि 09/09/2005

को यदि पिता जीवित है तो उसकी पुत्री (जीवित) को संयुक्त परिवार की संपत्ति में हिस्सा मिलेगा और अगर उसका पिता इस तिथि को जीवित नहीं तो पुत्री को संयुक्त परिवार की संपत्ति में हिस्सा नहीं मिलेगा। इस के अतिरिक्त इस वाद में उन्होंने कहा कि 2005 के संशोधन का प्रभाव सम्भावित (PROSPECTIVE EFFECT) होगा अर्थात् पुत्री को संयुक्त परिवार की संपत्ति में अधिकार 09/09/2005 से ही मिलेगा। 2018 में ***मंगामल बनाम टी. बी. राजू (MANGAMAL V.T.B.RAJU)*** में सर्वोच्च न्यायालय ने अपने प्रकाश बनाम फूलावती वाद के निर्णय को दोहराया। परन्तु 2018 में ही सर्वोच्च न्यायालय के दो न्यायाधीशों वाले बैंच (DIVISION BENCH) ने ***दनम्मा बनाम अमर (DANAMMA V.AMAR)*** में धारा 6 (1) (a) और धारा 6 (1) (b) का हवाला देते हुए कहा एक पुत्री पुत्र की तरह जन्म से ही संयुक्त परिवार में सहदायिक (COPARCENER) बन जाएगी और उसके अधिकार और उत्तरदायित्व (Liabilities) भी पुत्र के बराबर होंगे। क्योंकि एक संदायादता (COPARCENARY) में जन्म लेने से ही व्यक्ति सहदायिक (Coaprcener) बन जाता है, इस लिए चाहे वह पुत्री हो या पुत्र उसका संयुक्त परिवार की संपत्ति में अधिकार भी जन्म से ही होगा।

अब सर्वोच्च न्यायालय के दो वादों में एक दूसरे के विपरीत निर्णय सुनाया गया क्योंकि प्रकाश बनाम फूलावती में न्यायालय ने कहा था कि पुत्री के पास संयुक्त परिवार की संपत्ति में अधिकार 09/09/2005 से आएगा परन्तु दनम्मा बनाम अमर में न्यायालय ने कहा कि उस संपत्ति में पुत्री के पास अधिकार जन्म से ही होगा। संविधान के अनुच्छेद 141 अनुसार सर्वोच्च न्यायालय के निर्णय भारत के राज्यक्षेत्र में आते सभी न्यायालयों पर आबद्धकर (binding) होते हैं और अधीनस्थ न्यायालयों (Subordinate Courts) को उन निर्णयों को ध्यान में रखते हुए अपने समक्ष पड़े वादों में फैसला करना होता है। लेकिन अब अधीनस्थ न्यायालयों को समझ नहीं आ रहा था कि सर्वोच्च न्यायालय के किस निर्णय को माना

जाए क्योंकि दोनों निर्णय सर्वोच्च न्यायालय के दो न्यायाधीशों वाले बैंच द्वारा सुनाए गए थे और दोनों निर्णय प्रतिकूल थे।

इस दुविधा को दूर करने के लिए दिल्ली उच्च न्यायालय ने अपने एक वाद ***विनीता शर्मा बनाम राकेश शर्मा 2018 (VINEETA SHARMA V. RAKESH SHARMA)*** में सर्वोच्च न्यायालय को इस मुद्दे पर दो न्यायाधीशों से बड़े बैंच द्वारा निर्णय सुनाने की प्रार्थना की ताकि अधीनस्थ न्यायालयों को आसानी हो जाए और यह समस्या हल हो जाए। इस सब को ध्यान में रखते हुए सर्वोच्च न्यायालय के 3 न्यायाधीशों वाले बैंच ने विनीता शर्मा बनाम राकेश शर्मा में 11 अगस्त 2020 को कहा कि पुत्रियों को पुत्रों के बराबर का अधिकार है। न्यायालय ने कहा कि पुत्रियाँ पुत्रों से अधिक माता-पिता का ध्यान रखती हैं फिर भी उन को अधिकारों से वंचित क्यों रखा जाए? माननीय न्यायाधीश ने निर्णय सुनाते समय कहा कि, पुत्र उस समय तक अपने माता पिता का पुत्र है जब तक उसको पत्नी नहीं मिल जाती परन्तु एक पुत्री पूरा जीवन पुत्री रहती है, इस लिए न्यायालय ने धारा 6 (1) (a), धरा 6 (1) (b) का और अपने दनम्मा बनाम अमर के वाद में दिए निर्णय का हवाला देते हुए कहा कि एक पुत्री को एक पुत्र की तरह जन्म से ही सहदायिक माना जाएगा और पुत्र की तरह पुत्री का भी संयुक्त परिवार की संपत्ति में जन्म से ही अधिकार होगा परन्तु उस में हिस्सा माँगने का अधिकार पुत्री के पास 09/09/2005 से आएगा। यह महत्त्वहीन (immaterial) है कि 09/09/2005 को पुत्री का पिता जीवित है या नहीं। इस का अर्थ यह है कि वह इस अधिकार को 09/09/2005 से ही माँग सकती है, चाहे उस का पिता 09/09/2005 को जीवित है या नहीं इससे उसके अधिकार पर कोई प्रभाव नहीं पड़ेगा। **उदाहरण :** एक पुत्री 09/09/2005 को जीवित है परन्तु उस के पिता की 1980 में मृत्यु हो गई थी, इससे पुत्री के अधिकार पर कोई प्रभाव नहीं पड़ेगा और वह 09/09/2005 से संयुक्त परिवार की संपत्ति में अधिकार माँग सकती है। परन्तु यदि 20/12/2004 (जिस दिन इस संशोधन के लिए

संसद में बिल पेश किया गया था) से पहले धारा 6 (2) और धारा 6 (5) अनुसार संयुक्त परिवार की संपत्ति विभाजित हो चुकी है तो पुत्री को इस में अधिकार नहीं मिलेगा क्योंकि जब संयुक्त परिवार की संपत्ति (JOINT FAMILY PROPERTY) का अस्तित्व ही नहीं रहा (STATUS) तो उस में अधिकार मिलने का तो प्रश्न ही पैदा नहीं होता।

इस के अतिरिक्त न्यायालय ने कहा कि यदि पुत्री को पुत्र के समान संयुक्त परिवार की संपत्ति में अधिकार नहीं दिया जाता तो वह भारतीय संविधान के अनुच्छेद 14 का उल्लंघन होगा।

इस प्रकार सर्वोच्च न्यायालय के तीन न्यायाधीशों वाले बैंच ने निर्णय दिया कि हिन्दू उत्तराधिकारी अधिनियम के 2005 की संशोधन का प्रभाव पूर्वव्यापी (RETROACTIVE EFFECT) होगा और उन्होंने अपने प्रकाश बनाम फूलावती में दिए निर्णय को भी बहिष्कृत कर दिया। 'पूर्वव्यापी प्रभाव' का अर्थ कोई अधिकार जो आपको पहले मिल गया था परन्तु उसका प्रयोग आप अब से कर सकते हैं जैसे कि एक पुत्री को संयुक्त परिवार की संपत्ति में अधिकार जन्म से ही मिल गया था परन्तु उस अधिकार को माँग वह 2005 के संशोधन के पश्चात् ही सकती है।

इस प्रकार माननीय सर्वोच्च न्यायालय ने स्त्रियों की स्थिति को समाज में सुधारने और यथायोग्य स्थान दिलवाने के लिए एक और कदम लिया जो कि बहुत ही सम्मानीय है। इस निर्णय के साथ निश्चित रूप से स्त्रियों को लाभ होगा और उनको उनका यथायोग्य अधिकार मिलेगा।

नोट : पुत्रियों के संयुक्त परिवार की संपत्ति में अधिकारों के बारे में अब तक यह कानून है। भविष्य में यदि सर्वोच्च न्यायालय के तीन न्यायाधीशों से बड़े बैंच द्वारा कुछ और निर्णय दे दिया जाता है या संसद द्वारा कानून में संशोधन कर दिया जाता है तो पुत्रियों का संयुक्त परिवार की संपत्ति में अधिकार उस निर्णय और संशोधन के अन्तगर्त होगा।

स्त्री का बच्चे को गोद लेने और देने (दत्तक) का अधिकार

अध्याय - 11

स्त्री का बच्चे को गोद लेने और देने (दत्तक) का अधिकार

समाज में रहता हर दम्पति (COUPLE) बच्चा प्राप्ति की आशा करता है ताकि वह माता पिता होने का सुख ले सके और बुढ़ापे में वह बच्चा उनका सहारा बन सके। बच्चा प्राप्ति की इच्छा को पूरा

करने के लिए ही दत्तक/गोद (ADOPTION) का संकल्प अस्तित्व में आया। हिन्दू समाज में बच्चे को गोद लेने और देने की प्रथा बहुत प्राचीन है। हिन्दू वेदों शास्त्रों से भी हमें इस प्रथा का संदर्भ मिलता है। प्राचीन काल में केवल पुत्र को ही गोद लिया जाता था, इसका मुख्य कारण यह था कि लोगों का मानना था कि पुत्र की प्राप्ति ही उनकी मृत्यु के पश्चात् उनको नर्क से मुक्ति दिला सकती है। साल 1956 से पहले केवल पुरुष के पास ही बच्चा गोद लेने का अधिकार था। यदि कोई स्त्री बच्चा गोद लेती भी थी तो ऐसा माना जाता था जैसे कि वह बच्चा उस के पति ने ही गोद लिया हो।

धीरे-धीरे स्त्री के बच्चा गोद लेने और देने (दत्तक) के अधिकार में वृद्धि हुई। वर्ष 1956 में स्त्री को दत्तक सम्बन्धित अधिकार देने के लिए हिन्दू दत्तक तथा भरण-पोषण अधिनियम, 1956 (HINDU ADOPTION AND MAINTENANCE ACT, 1956) अस्तित्व में आया। यह अधिनियम हिन्दुओं पर लागू होता है और इस अधिनियम के लिए किस-किस को हिन्दू माना जाएगा वह इस अधिनियम की 'धारा-2' में बताया गया है। इस अनुसार केवल हिन्दू धर्म मानने वालों को ही हिन्दू नहीं माना गया बल्कि मुस्लिम, पारसी, ईसाई (CHRISTIANS), यहूदी (JEWS) को छोड़कर बाकी सभी धर्मों को मानने वाले लोगों जैसे कि सिक्ख, बौद्ध (BUDDHIST), जैन आदि को भी इस अधिनियम के लिए हिन्दू माना जाता है और उन पर भी यह अधिनियम लागू होता है।

1956 में जब यह अधिनियम पारित हुआ था तो इस अनुसार केवल कुँवारी, विधवा, तलाकशुदा स्त्रियाँ ही बच्चा गोद ले सकती थी अर्थात् विवाहित स्त्रियों के पास बच्चा गोद लेने का कोई अधिकार नहीं था। साल 2010 तक विवाहित स्त्री को बच्चा गोद लेने का कोई अधिकार नहीं मिला। वे अपने पतियों की अनुमति से भी बच्चा गोद नहीं ले सकती थीं परन्तु यदि :

1. वह (पति) हिन्दू धर्म से किसी और धर्म में परिवर्तन कर गया हो अर्थात् वह हिन्दू न रहा हो, या
2. वह समाज से विमुख हो गया हो अर्थात् पूर्ण रूप से संसार त्याग चुका हो, या
3. सक्षम अधिकारिता वाले किसी न्यायालय (Court of Competent Jurisdiction) द्वारा उस को अस्वस्थ/विकृत चित्त (Person of unsound mind) घोषित कर दिया गया हो

इन परिस्थितयों में वह बच्चा गोद ले सकती थी और इन में पति की अनुमति लेने की भी आवश्यकता नहीं थी। साल 2010 में इस अधिनियम की 'धारा-8' में संशोधन किया गया और विवाहित स्त्री को बच्चा गोद लेने का अधिकार दिया गया परन्तु एक पत्नी अपने पति की अनुमति के बाद ही बच्चा गोद ले सकती है। इस की 'धारा-8' में तीन स्थितियाँ जो कि ऊपर दर्शाई गई हैं, में पत्नी अपने पति की अनुमति के बिना बच्चा गोद ले सकती है। 'धारा-8' के अनुसार ही बच्चा गोद लेने वाली स्त्री बच्चा गोद लेते समय हिन्दू, बालिग़ और स्वस्थचित्त (Sound Mind) होनी चाहिए। इस अधिनियम के लिए 18 वर्ष वाले व्यक्ति को बालिग माना गया है। इस लिए अब 2010 से हर एक स्त्री के पास बच्चा गोद लेने और देने का अधिकार है परन्तु शर्त यह है कि वह इस अधिनियम की सारी शर्तों को पूरा करती हो। इन शर्तों का संदर्भ हमें इस अधिनियम की धारा-6 से मिलता है जिस में लिखा गया है कि दत्तक (Adoption) उस समय तक सही (VALID) नहीं मानी जाएगी जब तक गोद लेने वाला, देने वाला और बच्चा (जिस को गोद लिया जाना है) इस अधिनियम के अनुसार दत्तक (Adoption) के लिए योग्य न हो।

प्राचीन काल में केवल पिता ही बच्चे को दत्तक में दे सकता था परन्तु इस अधिनियम ने माता और पिता दोनों को समान अधिकार दिया है। बच्चे को दत्तक में देने का अधिकार उसके माता पिता का बराबर

का है परन्तु कोई भी दूसरे की अनुमति के बिना बच्चा दत्तक में नहीं दे सकता। अब प्रश्न यह उठता है कि किन बच्चों को गोद लिया जा सकता है? इस बारे में इस अधिनियम की 'धारा-10' प्रकाश डालती है। इस धारा अनुसार :

1. बच्चा हिन्दू होना चाहिए।
2. वह बच्चा पहले दत्तक में न दिया गया हो।
3. वह बच्चा विवाहित न हो।
4. बच्चे की आयु 15 वर्ष से कम हो।

पर यहाँ ध्यान देने योग्य बात यह है कि यदि बच्चा देने और लेने वाले के रीति-रिवाज विवाहित लड़के या लड़की या फिर 15 वर्ष से अधिक आयु के बच्चे को गोद लेने और देने की आज्ञा देते हैं तो ऐसे बच्चे को गोद लिया जा सकता है।

इस अधिनियम अनुसार लड़का या लड़की किसी को भी गोद लिया या दिया जा सकता है। परन्तु बच्चा गोद लेते समय कुछ बातों को ध्यान में रखना आवश्यक हैं। जैसे कि यदि एक स्त्री ने लड़का गोद लेना है तो दत्तक (Adoption) समय उस का कोई हिन्दू पुत्र, पौत्र (पुत्र का पुत्र) या पडपौत्र (पुत्र के पुत्र का पुत्र) जीवित नहीं होना चाहिए। उसी तरह यदि उसने लड़की को गोद लेना है तो उसकी कोई हिन्दू पुत्री, पौत्री (पुत्र की लड़की) जीवित नहीं होनी चाहिए। इस के अतिरिक्त धारा-11 अनुसार यदि स्त्री लड़का गोद लेती है तो लड़के (जिस को गोद लिया जा रहा है) और गोद लेने वाली स्त्री में कम से कम 21 वर्ष का अंतर होना आवश्यक है। परन्तु यदि उसने लड़की को गोद लेना है तो दोनों की आयु के बीच का अंतर महत्त्वहीन (Immaterial) है।

अब प्रश्न यह उठता है कि यदि कोई कुआँरी या विधवा स्त्री बच्चा गोद लेती है और उस के बाद वह विवाह करवा लेती है तो उस के पति का उस बच्चे के साथ क्या संबंध होगा? इस बारे में इस अधिनियम की धारा-14 से पता चलता है। 'धारा-14' के अनुसार यदि कोई कुआँरी या विधवा स्त्री बच्चा गोद लेती है और उस के पश्चात् वह किसी व्यक्ति के साथ विवाह करवा लेती है तो वह व्यक्ति उस बच्चे का सौतेला बाप (Stepfather) माना जाएगा।

जब एक बार बच्चे को दत्तक (Adoption) में दे दिया जाता है और वह दत्तक इस अधिनियम के अनुसार सही हो तो उस को किसी भी प्रकार से रद्द नहीं किया जा सकता। 'धारा-12' अनुसार गोद देने वाली तिथि से उस बच्चे के अपने पहले परिवार से सभी संबंध टूट जाएँगे और जिस परिवार को दत्तक में दिया है उस परिवार के साथ संबंध बन जाएँगे अर्थात् उस तिथि से उस के माता-पिता वह बन जाएँगे जिन्होंने उसको गोद लिया है और उस दम्पति (जिन्होंने उस को जन्म दिया है) के साथ उस बच्चे का कोई संबंध नहीं रह जाएगा। इसलिए एक बच्चे को गोद में देना एक वृक्ष को जड़ से उखाड़ कर दूसरे स्थान पर लगाने के समान है।

इस तरह उपर्युक्त बातों से हमें पता चलता है कि किस प्रकार एक स्त्री के बच्चे को गोद लेने और देने के अधिकार में वृद्धि हुई और हो रही है।

अंत में मैं यह कहना चाहूँगा कि दत्तक का संकल्प बहुत लाभदायक है क्योंकि बच्चा गोद लेने से जो दम्पति किसी कारणवश कभी माता-पिता होने का सुख नहीं ले सकते, वह दत्तक (Adoption) के कारण संतान का सुख ले सकते हैं परन्तु धीरे-धीरे गोद लेने और देने का उद्देश्य परिवर्तित होता जा रहा है। आज कल कुछ लोग दूसरों की संपत्ति का मालिक अपने बच्चे को बनाने के लिए बच्चा गोद दे देते हैं। इस के अतिरित्त कुछ लोग

बच्चे को गोद लेकर उनको देह व्यापार जैसे अवैध कार्यों में डाल देते हैं जो कि दत्तक के उद्देश्य को समाप्त कर रहा है। सरकार को चाहिए कि वह इन लोगों के विरुद्ध कठोर कदम उठाए ताकि दत्तक का दुरुपयोग होने से रोका जा सके।

पुरुष का बच्चे को गोद लेने और देने (दत्तक) का अधिकार

अध्याय – 12

पुरुष का बच्चे को गोद लेने और देने (दत्तक) का अधिकार

पिछले अध्याय में हम स्त्री के दत्तक के अधिकार के बारे में विस्तारपूर्वक बात कर चुके हैं। अब हम पुरुष के बच्चा गोद लेने और देने के अधिकार के बारे में जानेंगे। प्राचीन समाज में यदि एक

पत्नी को बच्चा नहीं होता था तो पुरुष बच्चा प्राप्ति के लिए और विवाह करवाता था। इस के अतिरिक्त बच्चे की इच्छा को पूरा करने के लिए बच्चा गोद लेने की प्रथा ने जन्म लिया। पुरुष प्रधान समाज होने के कारण बच्चे को गोद लेने का अधिकार भी केवल पुरुष को ही दिया गया था। यहाँ तक कि यदि किसी विवाहित पुरुष ने बच्चा गोद लेना होता था तो उसको अपनी पत्नी की अनुमति की भी आवश्यकता नहीं होती थी। उस समय बच्चा गोद लेने के लिए केवल यह देखा जाता था कि बच्चा गोद लेने वाला व्यक्ति बालिग और स्वस्थ चित्त (Sound Mind) है या नहीं, यदि है तो उसको बच्चा गोद लेने से कोई भी नहीं रोक सकता था। कोई भी विवाहित या अविवाहित पुरुष बच्चा गोद ले सकता था। 1956 से पहले कोई ऐसा विशेष कानून नहीं था जो कि बच्चा गोद लेने और देने की प्रक्रिया के बारे में बताता हो।

स्वतंत्रता के पश्चात् दत्तक (Adoption) के संदरभ में हिन्दू दत्तक तथा भरण-पोषण अधिनियम, 1956 (HINDU ADOPTION AND MAINTENANCE ACT, 1956) बनाया गया। इस अधिनियम ने बच्चा गोद लेने और देने की प्रिक्रिया पर प्रकाश डाला। इस में बताया गया है कि कौन सा व्यक्ति बच्चा गोद ले या दे सकता है और किस बच्चे को गोद लिया या दिया जा सकता है। इस अधिनियम अनुसार 1956 के पश्चात् यदि किसी व्यक्ति ने बच्चा गोद लेना या देना है तो उसको इस अधिनियम की सभी शर्तों को पूरा करना होगा नहीं तो वह दत्तक सही (VALID) नहीं मानी जाएगी। इस अधिनियम द्वारा पुरुषों और स्त्रियों को बच्चा गोद लेने और देने का बराबर का अधिकार दिया गया है।

इस अधिनियम की धारा 7 अनुसार गोद लेने वाला पुरुष हिन्दू, बालिग और स्वस्थ चित्त (Sound Mind) होना चाहिए। यदि वह व्यक्ति विवाहित है तो बच्चा गोद लेने से पहले उसको अपनी पत्नी की अनुमति लेना आवश्यक है। अगर उस व्यक्ति की एक से अधिक पत्नियाँ हैं (1955 से पहले एक हिन्दू व्यक्ति एक से अधिक विवाह करवा सकता था) तो

सभी की अनुमति लेनी आवश्यक है परन्तु यदि उसकी पत्नी (या अधिक पत्नियाँ हैं तो उन में से कोई भी पत्नी) :

1. हिन्दू धर्म से किसी और धर्म में परिवर्तन कर गई हो अर्थात् वह हिन्दू न रही हो, या
2. वह समाज से विमुख हो गई हो अर्थात् पूर्ण रूप से संसार त्याग कर चुकी हो, या
3. सक्षम अधिकारिता वाले किसी न्यायालय (Court of Competent Jurisdiction) द्वारा उस को अस्वस्थ/विकृत चित्त (Person of unsound mind) घोषित कर दिया गया हो।

इन परिस्थितियों में उस पत्नी की अनुमति लेने की आवश्यकता नहीं है। यदि कोई पुरुष बच्चा गोद लेता है तो उसकी पत्नी उस बच्चे की दत्तक माता (Adoptive Mother) मानी जाती है। अब प्रश्न यह उठता है कि यदि एक व्यक्ति की एक से अधिक पत्नियाँ हैं तो किस पत्नी को उस बच्चे की दत्तक माता माना जाएगा और बाकी की पत्नियों के साथ उस बच्चे का क्या सम्बन्ध होगा? इस प्रश्न का उत्तर इस अधिनियम की धारा-14 से मिलता है। जिस अनुसार केवल वह पत्नी जिस का विवाह सब से पहले उस व्यक्ति के साथ हुआ होगा (विवाह में सब से बड़ी, न कि आयु में) वह ही बच्चे की दत्तक माता मानी जाएगी और उसकी शेष पत्नियाँ उस बच्चे की सौतेली माताएँ (Step Mothers) मानी जाएँगी।

इस के अतिरिक्त यदि कोई विधुर (WIDOWER) या कोई कुँआरा पुरुष बच्चा गोद लेता है और बाद में विवाह करवा लेता है तो उसकी पत्नी दत्तक बच्चे की सौतेली माता मानी जाएगी।

इस अधिनियम की धारा-11 अनुसार यदि एक पुरुष ने लड़का गोद लेना है तो उस दत्तक के समय उसका कोई हिन्दू पुत्र, पौत्र (पुत्र का पुत्र) या पड़पौत्र (पुत्र के पुत्र का पुत्र) जीवित नहीं होना चाहिए। उसी

तरह यदि उस ने लड़की गोद लेनी है तो दत्तक समय उस की हिन्दू पुत्री और पौत्री (पुत्र की लड़की) जीवित नहीं होनी चाहिए। लड़की गोद लेने के समय इस बात पर ध्यान देना आवश्यक है कि उस पुरुष और लड़की की आयु में कम से कम 21 वर्ष का अंतर हो। परन्तु यदि किसी पुरुष ने लड़का गोद लेना है तो पुरुष और लड़के के बीच की आयु का अंतर महत्त्वहीन (Immaterial) है।

जब एक बच्चा इस अधिनियम अनुसार सही ढ़ंग से गोद/दत्तक में दे दिया जाता है तो, न तो बच्चे को गोद लेने वाले माता-पिता, न ही बच्चा खुद या कोई अन्य व्यक्ति इस दत्तक को रद्द करवा सकता है। इसके अतिरिक्त न ही बच्चा अपने कुटुम्ब (family of his or her birth) में वापिस जा सकता है।

किस बच्चे को गोद लिया जा सकता है उस बारे में हम पिछले अध्याय (स्त्री को बच्चे को गोद लेने और देने का अधिकार) में बात कर चुके हैं।

बच्चे को गोद लेने और देने के लिए सरकार द्वारा CARA (CENTRAL ADOPTION RESOURCE AUTHORITY), SARA (STATE ADOPTION RESOURCE AGENCY) जैसी संस्थाएँ बनाई गई हैं जो कि बच्चे को गोद लेने और देने वाले दोनों पक्षों की जाँच करते हैं ताकि बच्चा किसी ग़लत हाथों में न चला जाए और उसका भविष्य न ख़राब हो। यदि किसी विदेशी व्यक्ति ने बच्चा गोद लेना है तो उसको सब से पहले CARA की शर्तों को पूरा करना पड़ेगा। वह व्यक्ति सीधा भारत के किसी परिवार से बच्चा गोद नहीं ले सकता।

इस प्रकार हमें पिछले और इस अध्याय से पुरुषों और स्त्रियों के बच्चा गोद लेने और देने के अधिकारों के बारे में पता चलता है।

Notes

Notes

Notes

Notes

Notes

Notes

Notes

Notes

Notes

Notes

Notes

Notes

Notes

Notes

Notes

Notes